Blutgestalten

Nina Rockenbach

Nina Rockenbach

Blutgestalten

DeBehr

Herausgeber: Verlag DeBehr, Radeberg
ISBN: 9783944028729
Erstauflage: 2013

Prolog

1950 erblickte ich das Licht meiner Welt irgendwo in Deutschland. Ich wurde nicht in einem Krankenhaus geboren, sondern wurde zu Hause auf dem Sofa mit gewaltigen Pressschüben aus dem Geburtskanal und innerem Nest meiner Mutter gequetscht. Mein sechs Jahre älterer Bruder erzählte mir Jahre später, dass ihm das Wasser im Munde zusammengelaufen sei, als mein blutverschmierter kleiner Schädel durch die aufgeplatzte Scheide meiner Mutter hervorgekrochen kam!

Wir lebten zurückgezogen auf dem Lande in einem heruntergekommenen Bauernhaus. Mir wurde schon in jungen Jahren klar gemacht, dass Sexualität und das Töten unschuldiger Menschen ein Ritual in meiner immer größer werdenden Familie war und eine sehr wichtige Rolle in meinem Leben spielen würden. Mein älterer Bruder und ich bekamen viele Geschwister von unseren Eltern geschenkt. Als ich sieben Jahre alt war, verstand ich aber endlich, dass meine Mutter mit ihrem Bruder diese etlichen Kinder zeugte und nicht mit einem Mann, den sie liebte. Allesamt waren wir Mistblagen aus einer Inzestbeziehung zwischen Bruder und Schwester.

Von diesem Zeitpunkt an, nannte ich den Bruder meiner Mutter nur noch den ›Nicht-Vater‹. Ihm war es egal, denn wie ich später lernen musste, war auch dies ein traditionelles Geschehen unseres Klans.

Meinem ›Nicht-Vater‹ bereitete es anscheinend die größte Wollust, meine Mutter überall zu ficken. Es war auch kein Geschlechtsverkehr im normalen Sinne; es waren grauenvolle Vergewaltigungen. Mein ›Nicht-Vater‹ schrie seine Geilheit in den tiefsten Männerklängen heraus, meine Mutter schrie nur vor Schmerzen. Ihre Schmerzgesänge füllten unser Bauernhaus komplett aus. Meine Mutter beschwerte sich aber nie und ging mit ihrem Bruder jeden Tag hinaus, um unschuldige Menschen auszurauben und anschließend bei uns zu Hause zu töten. Beide hatten keine Arbeit und kein Geld, nicht mal, um uns mit Essen zu versorgen. Doch komischerweise ernährte uns unsere Mutter trotzdem immer mit zartem und göttlichem Fleisch.

Unser Klan wurde durch diese inzestuöse Paarung immer größer und unübersichtlicher. Mein älterer Bruder Karl ging dann irgendwann mit auf Tötungstour, in dem Glauben, den Menschen ihr Geld zu rauben, damit wir uns was zu Essen kaufen konnten …

Und ich … ich musste auch ran. Wir zwei waren schließlich die Ältesten.

Es kam der Tag der Tage, an dem Karl und ich dann auch wussten, welchem Klan wir angehörten. Meine Mutter und mein ›Nicht-Vater‹ raubten diese Leute nicht nur aus und töteten sie anschließend. NEIN!

SIE WAREN AUCH UNSER ESSEN!

Wir schleppten die Toten in unser Bauernhaus und rissen ihnen brutal ihre Beine und Arme ab. Wir aßen fast alles! Die Reste, die überblieben, legte Mutter fein säuberlich in Salz und Essig ein oder räucherte sie für schlechte Tage. Köpfe durften nur teilweise verinnerlicht werden. Wir kannten kein Erbarmen und töteten auch schwangere Frauen. Mit stumpfen Messern schlitzten wir ihre Bäuche auf und grillten bei einem abendlichen Lagerfeuer auf unserem Hof die schleimigen Embryonen und Föten, bis sie knusprig waren, und verschlangen sie mit einer zauberhaften Liebe, die uns immer weiter Stärke und Macht in unsere Gliedmaßen fuhren ließ.

Mittlerweile lebten wir mit 36 Leuten unter einem Dach. Mutter glich einer Geburtsmaschine. Demnach kam es auch vor, dass wir eine Schwester oder einen Bruder töten mussten, um unser Bedürfnis nach Menschenwurst zu stillen. Aus Respekt, Liebe und Trauer verspeisten wir unser eigen Fleisch und Blut. Sehr pietätvoll bereitete Mutter unser Geschwisterchen zu und wir konnten unser Opfer würdevoll in uns aufnehmen, um eine Widergeburt zu vermeiden und ihm eine angemessene Bestattung zukommen zu lassen. In unseren Leibern waren unsere Familienmitglieder gut aufgehoben. Das brachte uns unser ›Nicht-Vater‹ Alexander bei.

Da Karl und ich die beiden ältesten Inzestkinder waren, schickte uns Alexander im Jahre 1958, mit 8 und 14 Jahren, in die europaweit einzige und geheime Schule des Kannibalismus. Wir genossen eine entzückende Ausbildung im Töten von unschuldigen Menschen und der sich anschließenden Zubereitung und Verzehrung von Menschenfleisch.

Unsere Namen sind Karl und Lotte zu Rasoris; wir gehören zu der Dynastie der Rasoris-Kannibalen. Wir sind verstreut auf der ganzen Welt und lieben unsere blutverschmierte Tradition.

1975 verließen Karl und ich die Schule, als ausgebildete Serienmörder unschuldiger Blutwesen und großartige Kannibalen, jedoch mit der Idee, unsere Tradition etwas umzuschreiben.

Kapitel 1

Berlin im Jahre 1975, mit Karl und Lotte zu Rasoris

Karl und ich haben Hunger, unersättlichen Hunger auf Menschenfleisch und frisches Blut. Wir leben momentan in Berlin in einem Zwei-Raum-Appartement und folgen Tag für Tag ordentlich und konsequent unserer Familientradition.

Es ist 12 Uhr nachmittags und wir sitzen, in einem kleinen Park am Rande von Berlin, auf der Lauer.

»Schau mal«, sage ich ganz leise und nicke mit dem Kopf in die Richtung, in die Karl gucken soll.

»Oh, wie süß«, sagt Karl.

Eine Gruppe von Jugendlichen kommt in den Park geschlendert. Mein Bruder und ich gucken uns an und wir wissen, dass wir heute junges Fleisch fressen würden. Frisch und saftig. Karl steht plötzlich auf, geht auf die Jugendlichen zu und kommt ohne Probleme mit einem schwarzhaarigen Jungen zurück. Wir geben ihm Zigaretten und Alkohol, unterhalten uns ausgelassen mit ihm und laufen dann den Weg zu unserem Appartement zurück.

Kurz vor der Haustüre wird er unruhig. »Geh da rein!«, höre ich Karl im Befehlston sagen. Karl war in diesen Sachen schon immer etwas abgebrühter gewesen. Ich dagegen wirkte nur äußerlich ruhig und gelassen, im Innern bin ich nah an einem Hysterieanfall.

Wir zerren den Jungen in unsere vier Wände. Mittlerweile heult er. Karl schreit ihn an, er solle seine Fresse halten.

»Wie teilen wir uns auf, Lotte?«, fragt mich Karl.

»Setz du doch schon mal das Wasser auf. Diesmal bin ich wieder dran«, sage ich mit einem verschmitzten Lächeln zu Karl.

Mein Bruder geht in die kleine Küche. Ich schaue wieder zu dem Jungen, er hat sich keinen Millimeter bewegt. Ich befehle ihm, sich auszuziehen; währenddessen krame ich mein Werkzeug aus einem Schrank. Als ich hatte, was ich brauchen würde, drehe ich mich mit knurrendem Magen zu dem Jungen um. Er steht in einer blauen Unterhose vor mir. Gedanken machen sich urplötzlich in meinem Kannibalenschädel breit. Ist es gottlos, ihn jetzt zu töten und zu fressen? NEIN!! Er ist ein Fremder … Aber ich habe auch schon Brüder und Schwestern verspeist. Und dann höre ich die Stimme meines Lehrers in meinem Kopf:

»Gott kann uns den Kannibalismus nicht nehmen, denn er hat ihn selbst erschaffen. Den Herrn interessiert es einen Scheiß, wen ihr fresst. Ob jung oder alt. Es ist egal! Mütter und Väter dürfen ihre Kinder fressen, und Kinder dürfen ihre Mütter und Väter fressen. **WIR DÜRFEN ALLES FRESSEN!**«

Mein linkes Auge zuckt kurz und dann hämmere ich unserem Opfer gnadenlos einen langen rostigen Nagel in die Schädeldecke. Er zuckt kurz, dann zieht der Tod in seine Körperhülle ein. Das ging schnell.

»Habt keinerlei Skrupel; ihr dürft euer Fressen auch vorher quälen, wenn es euch danach beliebt«, höre ich immer noch die Stimme meines Lehrers. Ich war aber damals schon der Meinung, wenn ich mir einen jungen Menschen verinnerlichen und ihm die Haut abziehen will, muss er nicht unnötig gequält werden. Bei altem Fleisch empfinde ich es anders. Aber diese Meinung durfte ich in meiner Ausbildungszeit an der Schule ›Die Heilige Schrift des Kannibalismus‹ nicht laut äußern. Ich wäre selbst zu einer Speise geworden.

Ich schüttele heftig meinen Kopf, um wieder die Kannibalin zu werden, die ich bin.

»Karl, setz deine Brille auf und komm rüber. Jetzt kommt das Beste.«

Ich knie mich vor meine Beute und trenne gekonnt den Kopf ab. Mit ausgestreckten Armen stemme ich den Schädel in die Höhe und versuche das heraustriefende frische Blut in meinen Mund laufen zu lassen. Das noch warme Blut erregt mich und ich trinke es mit höchstem Genuss.

»Gib ihn mir auch mal«, fordert Karl mich schroff auf.

Ich gebe ihm den Kopf, er stöhnt und lässt sich auf die Knie fallen. »Das Festmahl kann beginnen, Lotte«, schreit mein Bruder …

Karl ist ein hochgewachsener, schlaksiger 31-jähriger Mann mit hellblonden Haaren und giftgrünen Augen. Manchmal trägt er eine Brille. Und dieser Mann, der sich mein Bruder schimpft, hatte einen unerbittlichen und unersättlichen Hunger auf Menschenfleisch. Karl quält seine Opfer gerne, bevor er sie ermordet, aber auch nach dem Morden tat er mit den abgetrennten Schädeln spektakuläre Dinge. Es gibt Zeiten, wo Karl mir befiehlt, ein Leichenstück über zu lassen, um damit noch etwas SPIELEN zu können. Für diese Abscheulichkeit hasse ich ihn!

Wir können nicht leugnen, dass wir Geschwister sind. Ich habe genauso helle blonde

Haare und dieselben grünen Augen. Mein Haar ist jedoch sehr lockig und ich bin bei Weitem nicht so groß wie Karl … Und meine Einstellung, na ja … sie weicht ein wenig von der Seinigen ab. Aber das weiß Karl nicht, und er darf es auch nie erfahren. Ich muss mich zusammenreißen und das Leben leben, das mir vererbt und beigebracht wurde. Schließlich liebe auch ich das zarte Fleisch der Menschen. Das ist meine Tradition! Aber ich bin doch wegen der Perversitäten meines geliebten Bruders und sein SPIELEN innerlich zerrissen.

Karl und ich fressen unser Opfer fast komplett auf, nur den Kopf nicht. Der Kopf darf nie verspeist werden. Hochintelligente Kannibalenlehrer haben uns zu unserer Schulzeit beigebracht, dass wir nur Nasen und Ohren abreißen und fressen dürfen. Alles andere war tabu.

»Alles andere muss mit Eigenurin gereinigt und anschließend verbrannt werden. Die Zähne und die Schädelknochen werdet ihr aufbewahren. Diese sind die Stigmata unserer Tradition und das Gold ihrer verlorenen Seelen«, höre ich die Lehren.

Doch Karl plant irgendwas Abartiges. »Wir sind noch nicht fertig, Lotte«, sagt er mit dem Kopf in der Hand.

Noch nicht fertig? Was hast du jetzt wieder vor, Karl? Ich weiß es, in dem Moment, wo er die Hose öffnet und sie ihm von der Hüfte gleitet. Ich starre ihn mit offenem Mund an und frage mich, ob er diese Perversität von unserem ›Nicht-Vater‹ vermittelt bekommen hat.

»Oder möchtest du es machen?«, fragt Karl da.

»Nein«, antworte ich ihm verschüchtert.

»Dann stell den Kopf vor mir hin und guck's dir an!«

Ich tue, was er sagt und sehe, wie Karl seinen Penis in die Hand nimmt und genau auf die Stelle pinkelt, wo ich den rostigen Nagel hinein geschlagen habe. Der Kopf wird gereinigt! So sollte es auch sein! Jetzt müsste es eigentlich vorbei sein.

»Er muss nun verbrannt werden«, sage ich übertrieben laut.

Aber Karl ist noch nicht fertig. Er stößt mich zur Seite und sieht mich mit gläsernen grünen Augen an.

Es ist abartig; er halb nackt mit dem Kopf, und wieder grabscht er nach seinem Schwanz …

Es dauert ein paar Minuten, dann höre ich ihn sagen: »Jetzt kannst du ihn verbrennen, Schwesterchen.«

»Verbrenn' ihn selbst, du Arschloch«, schreie ich wütend und laufe aus dem Zimmer. Unsere ganze Bude stinkt nach seinem Sperma.

Mein Bruder kommt zu mir und sagt: »Lotte, ich werde jetzt für zwei Stunden verschwinden. Wenn ich wiederkomme, werde ich hier einen wunderbaren Geruch von Pisse und verbranntem Menschenfleischresten riechen und einen Haufen Asche vorfinden. Ist das klar?«

Ich bewege mich nicht, meine Gedanken fahren Achterbahn. Schließlich packt Karl mich am Arm, reißt mich zu sich herum und haut mir mit einer bemerkenswerter Kraft ins Gesicht. *Er hat mich noch nie geschlagen!*

»Ist es dir jetzt klar?«, fragt er mich mit schlitzig wütenden Augen. Es ist derselbe Blick, den auch mein ›Nicht-Vater‹ hat, wenn er meine Mutter mal wieder vergewaltigte.

»Schwester, du nervst mich immer mehr. Erinnere dich an unsere Tradition. Wir gehören dem Rasoris-Klan an und haben gewisse Aufgaben zu erfüllen ... Wir sind Kanniba...«

»Du weißt, ich liebe unsere Familie und auch mein Körper verzehrt sich nach Menschenfleisch, aber in welchem Buch steht geschrieben, dass du deinen beschissenen Schwanz noch in einen abgetrennten Kopf stecken musst ...«, schreie ich meinen Bruder an, dann spüre ich nochmals seine Faust in meinem Gesicht.

»Merke dir eins, Lotte, wir haben unsere eigenen Regeln als Kannibalen. Wir überfallen Menschen, wir rauben sie aus, nähren uns von ihnen und trinken ihr Blut. Was ich sonst noch treibe, hat dich nicht zu interessieren. Du wirst ab sofort meine Frau sein und mir dienen. Genauso wie unsere Mutter ihrem Bruder gedient und unseren Klan vergrößert hat.«

Ich schnaufe vor Lachen.

»Was ist denn jetzt bitte so lustig?«.

»DU KARL, DU BIST LUSTIG. Du willst deinen verschissenen Schwanz überall reinstecken und nun auch in mich, um mit mir etliche Inzestkinder zu zeugen? Ich dachte, wir ändern unsere Tradition und du wärst besser als Alexander. Hat er dir beigebracht, Hirne zu vögeln? Du verstößt damit gegen unseren Usus, und vor allem hast du selbst miterlebt, wie unsere Mutter gelitten hat. Wir sind ausgebildete Kannibalen und Serienmörder, aber wir wollten nie Inzestkinder zeugen.«

Seine schmalen, grünen Augen blicken mich wütend an. »Lotte, du bist dumm und blind. Ich kann dich so langsam erkennen und das gefällt mir nicht. Wirst du zur Sünderin?«

Ich schaue Karl perplex hinterher. Er ist auf dem Weg zur Wohnungstür. »Was soll ich jetzt dazu sagen, Bruder?«

»Mach das, was ich dir gesagt habe. Ich habe immer noch Hunger und muss mir was besorgen. Alleine!« Karl zieht die Tür hinter sich zu und ich, seine Kannibalenschwester, beginne meinen Kopf gegen die Wand zu schlagen … Immer und immer wieder, bis ich eine Platzwunde mitten auf der Stirn habe. Ich rieche das Blut, wische es mit den Fingern ab und stecke mir meine blutverschmierten Finger in den Mund, um mein eigenes Blut zu schmecken. Traurigkeit und Wut machen sich in mir breit; ich schmiere mir mein Blut ins Gesicht und schreie: »Karl, du bist die Teufelsbrut des Bösen!«

Immer noch stehe ich mitten im Zimmer und begutachte das blutdurchtränkte Zimmer. In einer Ecke liegt etwas, ein Fetzen … Ein letzter kleiner Leckerbissen.

Dann verbrenne ich den Schädel, gehe ins Bett und warte auf Karl.

Kapitel 2

Karl zu Rasoris im Putanerviertel

Ich laufe im Stechschritt aus unserem Appartement, einfach irgendwo hin. Was ist nur mit Lotte los? Irritiert laufe ich durch Berlin, in der Hoffnung, meine bockige Schwester für ein paar Stunden zu vergessen. Ich versuche, zügig durch die Straßen zu kommen, aber das gelingt mir nicht, denn sie sind voll mit Menschen: Verkäufer, Kinder, Obdachlose … Und überall auch Hunde … Alles ist hektisch und mein Magen meldet sich plötzlich mit einem unangenehmen Knurren zurück. Mein Verlangen nach noch mehr Fleisch wird größer, geht es mir durch den Kopf. Eine Mahlzeit am Tag reicht mir nicht.

Ich laufe einfach ziellos weiter in eine Sackgasse und stoße etwas rüpelhaft mit einem jungen Mann zusammen.

»Sorry … ich habe Sie nicht gesehen«, stottere ich.

Der junge Mann ist elegant gekleidet und starrt mich an. Er macht mich unsicher, und plötzlich öffnet sich sein Mund und ich höre die Frage: »Rasoris, hast du Hunger? Du bist doch einer von UNS, oder etwa nicht?«

»Ja, ich bin Karl zu Rasoris …«

»Karl Rasoris und Kannibale« beendet der Unbekannte meine Vorstellung und fügt hinzu:

»Mein Name ist Ilja Rasoris und auch ich liebe Menschenfleisch.«

»Wie hast du mich erkannt?«, frage ich ihn.

»Mit der Zeit erkennt man sich einfach untereinander. Das wirst du auch noch lernen. Du scheinst recht frisch von unserer Schule zu kommen, und du bist hier, im guten, alten Berlin, nicht der Einzige aus unserer Dynastie. Ich lebe schon seit fünf Jahren hier, und wir sind wahrhaftig eine große Familie. Bist du alleine hier?«

»Nein, mit meiner Schwester«, antworte ich immer noch etwas verblüfft. Was habe ich eigentlich gedacht? Dass Lotte und ich die einzigen Kannibalen sind? Ich fühle mich total bescheuert und rufe mir den Rasoris-Klan in meine Hirnwindungen zurück. All meine BRÜDER UND SCHWESTERN aus meiner Ausbildungszeit.

»Wir sind weltweit verstreut …«, sagt er, als könne er meine Gedanken lesen. »Karl, noch mal: Hast du Hunger?«

»Natürlich hab ich Kohldampf. Habe mir heute mit meiner Schwester einen Jugendlichen teilen müssen.«

»Einer ist keiner, richtig?«, flüstert Ilja und zwinkert mir zu. »Woher hattet ihr ihn?«

»Aus dem Park. Abgefüllt und mitgenommen.«

»Weißt du, Karl, du musst eins wissen: Hier in Berlin haben wir eine ausgezeichnete Regelung, was unser Fressen und Jagen angeht. Lass uns zusammen ein wenig laufen und ich erkläre dir alles.«

Ilja und ich laufen quer durch Berlin. Er erklärt mir, dass es bestimmte Personen aus unserem Klan gibt, die Menschen entführen und zu einem geheimen Ort bringen. Dort könne dann jeder, der dem Rasoris-Klan angehört, seine Mahlzeiten kaufen, quälen und unserer langjährigen Tradition fronen.

»Ihr müsst also nicht mehr selber jagen, Karl. Diese Methode ist sicherer und einfacher für uns alle. Verstehst du das? Egal, wessen Fleisch du fressen willst, es ist alles organisiert. Wir haben alles im Angebot; von jung bis alt.«

Ich bin begeistert. Das heißt für Lotte und mich, dass wir uns nie wieder auf die Pirsch legen müssen, und diese endlosen Sauereien zu Hause brauchen wir auch nicht mehr ertragen. Das wird auch Lotte freuen.

»Ilja, das ist fantastisch. Zeige mir den Ort,

wo wir unsere Speisen kaufen können.«

Ilja hat ein breites Lachen auf seiner Visage.

»Ich wusste, dass es dir gefallen wird. Komm mit!«

Er führt mich zu einer schwarzen Limousine, die in einer kleinen Seitenstraße steht. Wir steigen ein und Ilja macht mich mit dem Fahrer bekannt. »Das ist Cosmo, einer unserer Jäger.«

Cosmo begegnet mir mit einem breiten Grinsen. »Endlich noch ein Rasoris«, sagt er nur kurz und fährt dann sofort los.

Dass diese Leute alle zu meiner Familie gehören, denke ich, ist absoluter Wahnsinn. Ich habe ein Glücksgefühl in meinem Kannibalenkörper, wie ich es kaum beschreiben kann. Cosmo scheint nett zu sein. Er ist etwas pummelig und hat genauso viele Locken wie Lotte. Wir haben alle das ein oder andere gleiche äußerliche Merkmal. Aber es ist auch kein Wunder bei dem Inzestverhalten unserer Familie. Mein verdammter Pimmel wird plötzlich hart, denn ich denke an Lotte, MEINE FRAU. Sie wird mir auch Kinder schenken MÜSSEN! Ich schaue mir Cosmos noch mal an und mir fällt auf, dass ihm die oberen zwei Schneidezähne fehlen. Wie das wohl passiert ist?, frage ich mich, doch bevor ich mir eine

Theorie überlegen kann, hält Cosmo an.

Wir steigen alle drei aus und befinden uns in irgendeinem Hinterhof. Wir laufen ein paar Meter und ich bemerke, dass dieser Hinterhof zu einem riesigen Gebäude gehört.

»Das ist unser Putanerviertel und Putanerhaus. Das Haus des Fleisches.«

Wir gehen zügig hinein, und sofort stolpere ich über ein kleines Mädchen.

»Willst du das Mädchen kaufen?«, fragt mich Ilja mit einem herzhaften Lachen. »Es ist gut zu essen, Karl. Sie ist erst drei Jahre alt.«

»Ich muss ja nicht das Erstbeste nehmen, oder?«, sage ich und zwinkere ihm zu.

»Da muss ich dir recht geben. Du gefällst mir immer besser.«

Etwas fassungslos, aber auch erregt folge ich Ilja. Er führt mich zu verschiedenen Etagen.

»Auf diesen Etagen gibt es immer mindestens 20 Kammern, in denen unser Fleisch auf uns wartet. Du kannst dir aussuchen, was du willst und wonach dein Magen verlangt. Vielleicht mal ein zartes Kind? Da hab ich was Ausgezeichnetes für dich. Komm mit!«

Ich kann nichts sagen, mir läuft das Wasser im Munde zusammen und ich bin gespannt, was Ilja mir anbieten will. Ein paar Meter weiter bleiben wir vor einer eisernen Tür stehen. Ilja schließt sie auf und in dem kleinen Zimmerchen steht ein vielleicht zweijähriger Junge. »Probier ihn«, sagt Ilja und nimmt den Jungen auf den Arm, der uns ängstlich anguckt. Mit seiner anderen Hand kneift er dem Jungen in seine speckigen Arme und Beine.

»Solch ein Kind ist eine sehr wohlschmeckende, nahrhafte und bekömmliche Speise, Karl. Das solltest du dir nicht entgehen lassen, egal, ob man es brät, dämpft, bäckt oder kocht. Und ich zweifele nicht, dass es auch in einem Frikassee oder einem Ragout in gleicher Weise seinen Dienst tun wird. Sieh es dir gut an, wie rund und fett es ist. Genau richtig für eine üppige Mahlzeit. Wir können es auch zusammen fressen, es wird zwei Gänge für jeden von uns abwerfen. Wenn du wirtschaftlich bist, kannst du den Körper auch häuten. Du weißt doch sicherlich, dass die Haut kunstvoll gegerbt, wunderschöne Damenhandschuhe oder elegante Herrenstiefel ergibt. Mein Rat ist; schlachte es sofort und richte es zu, wie man es auch mit Spanferkeln macht. Jedoch musst du dann ein Zimmer mit Küche nehmen.« Ilja lacht mich siegessicher an, als wüsste er, dass ich dem Angebot nicht widerstehen würde können. Und so ist es auch!

»Gib ihn mir und verpiss dich, Ilja. Das Geld kriegst du später.«

Ohne ein Wort zu sagen, drückt er mir den Jungen und einen Schlüssel für einen im Zimmer stehenden Schrank in die Hände und verlässt das Zimmer. Meine Gefühle übermannen mich. Ich habe das Gefühl, dass meine Augen vor Freude Blut vergießen. In dem Schrank finde ich jegliches WERKZEUG und mache mich an die Arbeit …

Beim nächsten Mal, nimmst du dir eine Kammer mit Küche, egal was es kostet, nehme ich mir vor. Doch für jetzt gebe ich mich zufrieden. Überall riecht es wunderbar nach Blut und Exkrementen. Ein dunkler Schleier umhüllt mich. Ich knie mitten im Zimmer, um mich herum mein Werk.

Der Schleier fällt von mir ab und ich werde zu dem, der ich bin. Karl zu Rasoris, der Kannibale!

»JAAAAAAA«, schreie ich voller Wolllust und schmiere mir das Blut ins Gesicht und reibe es mir in meine Augen. Dann fresse ich, bis nichts mehr übrig ist.

Irgendwann sacke ich vollgefressen in einer Ecke zusammen und lecke mir noch die letzten Blutreste von meinen Fingern.

Ich höre ein Klopfen an der Tür; es ist Ilja.

»Es war fantastisch, Ilja. Ich muss nur noch den Kopf reinigen und verbrennen«, sage ich. Was ich sonst noch vorhabe, behalte ich für mich.

»Mach das! Schädelknochen und Zähne kannst du natürlich mitnehmen.«

»Morgen komme ich mit meiner Schwester Lotte. Sie MUSS das hier sehen.«

Ilja schließt noch einmal die Tür hinter sich und ich verspüre zum ersten Mal das Bedürfnis, mit meiner Schwester einen neuen Rasoris zu zeugen.

Nachdem ich mein Werk vollendet habe, lege ich Ilja das Geld auf den Tisch und laufe gesättigt nach Hause … voller Vorfreude auf Lotte …

Kapitel 3

Leo Fadenstein im Jahre 2012

Mein Name ist Leo Fadenstein, ich bin 26 Jahre alt und wohne in Berlin. Ich bin Krankenschwester auf einer Intensivstation, rette jeden Tag irgendwelche dahin siechenden Leben und wische mit Kacke beschmierte Ärsche ab.

Wenn ich morgens zum Frühdienst komme, kann ich schon am ›herausragenden‹ Duft, der mir in der Durchgangsschleuse entgegen schlägt, erkennen, welcher Sack von Patient wieder geschissen hat und wie oft. Ihr merkt schon: Ich liebe meinen Job!

Meine Arbeitskollegen können mich alle nicht leiden, dass glaube ich zumindest. Ich sage angeblich zu oft irgendwelche primitiven Worte wie Arschgesicht, Scheiße, beschmierte Scheiße, Ficken, Nutte, Hure und so weiter. Mein ›Lieblingstic‹, wenn man es denn so nennen kann, ist ein ganz lautes Geräusch, das sich aus einem Grunzen, Räuspern und Kotzlauten zusammensetzt. Ich kann die ganzen Tics nur für eine gewisse Zeit zurückhalten, aber irgendwann brechen sie aus meinem verfluchten Inneren heraus, und ich genieße dann die angeekelten Fressen meiner bescheuerten Kollegen. Dies ist halt eine Störung, die ich, seit ich denken kann, besitze. Mir ist schon klar, dass sie mich deswegen am liebsten loswerden wollen.

Und dann bin ich auch noch ’ne Lesbe! Oh Gott, oh Gott … kurze braune Haare und etliche Locken. Ich bin von Kopf bis Fuß tätowiert und trage manchmal merkwürdige Brillen auf meiner stattlichen, sehr großen Nase, obwohl ich eigentlich keine bräuchte.

Momentan bin ich Single und treibe mich mit meinen vier besten Freunden in der Lesben- und Schwulenszene in Berlin-Mitte herum.

Den Sinn für meinen Job als rettende Krankenschwester habe ich im Moment verloren, und das merkt man mir auch an. Für meine spießigen Kollegen bin ich einfach zu abnorm und kaum noch in unserem Pflegeteam tragbar. Dieser verfickte Ort, der sich Krankenhaus nennt, stinkt mir jedoch so sehr – mehr noch als es irgendein illegaler Schlachthof in einem Hinterhof in Berlin könnte. Dort wäre ich wesentlich lieber; in einem dreckigen Schlachthof, mit einer schmierigen Küche, die mit allerlei frischem Fleisch ausgestattet ist. Starkes Zucken macht sich um meine Augen breit. Sind das neue Tics?, frage ich mich.

Eine Welle an Gedanken kehrt zu meinen Freunden zurück und ich denke an SAFTIGES FLEISCH.

Meine Freunde und ich gehen gerne und ausgiebig feiern und ficken. Unsere Clique besteht aus drei lesbischen Mädels, eine Freundin ist bisexuell und dann gibt es noch unseren schwulen Freund. Jetzt genug der Vorstellung, ich bin schließlich auf der Arbeit.

Es schellt auf Zimmer 311 … Bäh … Ich bin ja im Frühdienst, das hatte ich fast vergessen, und es ist auch noch meine Patientin. Was will sie jetzt? Kacken? Gedreht werden? Oder hat sie schon gekackt und ich kann das Bett wieder frisch beziehen? Ich glotze auf die Uhr … Ah, es ist auch schon halb neun und ich habe ihren Korpus noch nicht gewaschen. Das wird mit Sicherheit ihr beschissenes Anliegen sein.

Fünf hintereinander selbst gedrehte Kippen waren mir allerdings vorhin wichtiger. Pech gehabt, liebe Patientin!

Ich laufe auf Zimmer 311 zu … Schiebetür auf … Klingel ausgedrückt …

Und schon wieder schwappt mir dieser verfluchte Geruch von Scheiße, alter Oma und Maul entgegen.

»Was kann ich für Sie tun Frau, Frau …

Frau …« Ich hab ihren Namen vergessen, geht es mir erschrocken durch den Kopf. Meine verschissene Birne ist voll mit irgendwelchen Dingen, nur nicht mit diesen kranken, wirklich kranken Menschen. *Töten und Fleisch!*

Ich rieche Scheiße … Aha, sie wird sich doch bekackt haben. »Ich werde Sie jetzt waschen und alles frisch beziehen, okay?«, frage ich die Patientin. Ich nehme ihre Hand, tätschele sie ein wenig liebevoll.

Mein Inneres schreit jedoch: Alte verfickte, verdusselte Scheiße, Mann! Nutte, verwichste!

Reiß dich zusammen, Leo! GRUNZ, RÄUSPER, WÜRG!

Ich gehe in den miefigen Arbeitspflegeraum und hole eine Waschschüssel; dann Handtücher, frische Wäsche und den ganzen anderen Kladderadatsch. Ach ja, und ein bisschen Zitronenöl, das ich immer im Zimmer verteile, damit es nicht mehr so nach Scheiße riecht.

So, nun ist es kurz nach neun Uhr morgens, ich habe alles vorbereitet und fange an, den kaputten Körper der Frau zu waschen. Die Patientin röchelt. Ihr fällt alles sichtlich schwer. Was für eine Qual für diese Frau, denke ich.

»Wie viel Uhr ist es, Schwester Leo?«

»Kurz nach neun Uhr«, antworte ich ihr und

schwinge sie mit einem verfickten Ruck auf die linke Seite, damit ich das Laken auf der anderen Seite neu einspannen kann.

Plötzlich wird sie tachykard; der Monitor, an dem sie angeschlossen ist, schlägt Alarm. Ich drücke den Alarm aus und gucke sie an. Sie ist blass, verdreht ihre Augen und der Monitor zeigt eine Asystolie an. Mein Körper fühlt sich wie versteinert an. »Lass die arme Frau gehen, Leo«, höre ich jemanden flüstern. Dann setzen sich mein verdammter Leib und mein Denkorgan doch in Bewegung.

SCHEIßE, verdammte! Jetzt auch noch 'ne Reanimation, geht es mir durch meine grauen Zellen. Ich renne in den Flur und rufe: »Ich hab 'ne verschissene Rea auf Zimmer 311.«

Zwei bekloppte Arbeitskollegen kommen sofort mit dem Notfallwagen angerannt, und ganz nebenbei scharwenzelt auch noch ein Arzt hinzu.

Ich habe das Reabrett organisiert, wir heben den Oberkörper an, um es ihr unter den Rücken zu legen, um danach ihr schlaffes Herz wieder anständig auf Trab bringen zu können. Doch die Patientin hat was anderes Schönes mit uns vor. Sie entlädt über ihre Schnauze einen verdammt großen Schwall an Scheiße, beigesetzt mit Kotze. Mit einem ekelerregend lauten Platsch landet die Scheiße mit Mageninhalt auf dem Fußboden und auf den Schuhen vom diensthabenden Arzt.

Ich kann mir nur schwer ein Lachen verkneifen. Mein Hirn hüpft vor Freude in meiner Schädelkalotte hin und her und sagt mir, dass dies wohl ein Ileus ist … hahaha.

Die Reanimation beginnt und dauert 40 ewige Minuten. Die Patientin ist tot! Und das Zimmer sieht aus wie ein Schweinestall. Überall liegt Kotze, Scheiße, Blut … benutzte Absaugkatheter … EKELHAFT!

Da es meine Patientin war, mache ich die Frau FERTIG, um sie in drei Stunden in die Pathologie zu bringen. »Ab in die Kühltruhe mit dir«, quassele ich vor mich hin.

Vielleicht hätte ich ihr diese ganze Qual an Reanimation noch ersparen können, wenn ich anders gehandelt hätte … Ich hätte sie vielleicht einfach töten sollen! Genug Möglichkeiten hätte ich doch gehabt.

Es ist 14 Uhr und ich habe endlich Feierabend. Gott sei Dank. Es war nur ein Gedanke, aber was für einer!

Ich fahre nach Hause, in meine grad frischbezogene Wohnung. Eigentlich hab ich gute Laune, und irgendwie auch wieder nicht.

Wenn ich an den morgigen Frühdienst denke, wird mir schlecht, und mein Lieblingstic steigt erneut in mir auf. GRUNZ, RÄUSPER, WÜRG! Ich schmeiße den Kopf in den Nacken und es kommt erneut: GRUNZ, RÄUSPER, WÜRG. Dies ist ein wundervoller vokaler Tic von mir. Ich schmeiße die Wohnungstür zu und meine Tics nehmen ihren Lauf. Ich tice mich aus und überlege, welche Fotze meiner Freunde ich anrufe. ›Fotze‹ ist übrigens mein Lieblingswort. Meine Zwänge scheinen aber mal wieder wesentlich kraftvoller zu sein, als es mir lieb ist. Irgendwie bin ich schon eine komische Person, muss ich mir selbst eingestehen. Ich habe Zwangsgedanken und Zwangshandlungen. Manchmal auch Depressionen – das sagt zumindest mein Therapeut. Das bedeutet jetzt für mich, ich werde zuerst meine komplette Wohnung saugen, dann wischen und dann noch mal saugen. *Erst dann wird mein krankhafter Dämon Ruhe geben.*

»Das ist nun mal so bei mir«, erläutere ich der verqualmten Luft in meiner Bude und fange an, mit der Monotonie einer Schwachsinnigen alles zu putzen.

Nach zwei Stunden bin ich fertig und setze mich stumm in meine Küche.

Ich sehe mich um und beschließe, Nele anzurufen. Nele ist ebenfalls Lesbe, zwei Jahre jünger als ich und eine meiner besten Freunde. Sie ist auch Krankenschwester, allerdings arbeitet sie in der Psychiatrie.

Heute Abend will ich ein, zwei oder auch drei Bier saufen und zwar mit Nele. Nele ist eine gute Trinkerin, sie kann einiges verpacken und unsere Abende enden meistens in einem Desaster. Ich greife zum Telefon.

»Hi, du Besoffski!«

»Hi Leo! Wie war dein verschissener Krankenhaustag als irre Nurse?«

»Wie immer, kennst es ja. Es geht immer nur um Kacke, Blut und verlorene Klapper. Und bei dir?«

»Nur Wahnsinnige! Zwängler, Depressive und Psychotiker.«

»Also, so Typen wie ich! Hast du Bock auf ein paar Bierchen in unserer Lieblingskneipe?«, frage ich Nele.

»Immer doch, mein Schatz … Ich bin schon ganz scharf auf deine Tics, du blöde Kuh. Ich frage Henry, ob er auch kommen kann, oder ob seine Finger immer noch in irgendeinem Arsch stecken, okay?«

»Gerne, ich hab den Arsch schon seit zwei Tagen nicht mehr gesehen.«

Henry gehört auch zu meiner ›Besten-Freunde-Clique‹. Er ist schwul, 30 Jahre alt und ein wunderbarer Kinderarzt. Er war ein Überflieger in seinem Studium; das und seinen Facharzt für Pädiatrie hat er mit ›sehr gut‹ abgeschlossen – und währenddessen etliche Typen gefickt. Henry hat im Moment aber keinen festen Freund. Er wechselt seine Typen wie ich Medikamente für die armen, ausgelatschten Menschen in meinem Krankenhaus. Sein Arbeitgeber ist die Charité in Berlin. Er ist damals voller Enthusiasmus an diesen Job herangetreten. Doch seine Ideale sind schnell im verdorbenen Strudel der rastlosen Ärzte fortgerissen worden. Genauso wie ich lernte Henry schnell alle Schattenseiten der modernen Medizin kennen. Wir sind beide verzweifelt, zynisch, böse oder einfach nur gleichgültig geworden.

»Hallöchen, ihr verschissenen Schwestern«, begrüßt uns Henry.

»Hi, du Schwuchtel. Haste noch Kacke am Finger?«

Wir lachen alle drei hysterisch auf und können gar nicht mehr aufhören, sodass uns die anderen Kneipenbesucher von oben herab anglotzen.

»Ich hätte gerne ein Bier und drei Bacardi Razz für uns drei Nutten des Wahnsinns«, schreit Nele dem Barkeeper zu.

Zusammenfassend kann ich sagen, dass ich die beiden liebe, aber meine Gedanken sind plötzlich erneut woanders. Ich denke an Blut und Mord. Ich erschrecke! Jeden Morgen nehme ich schön brav die von meinem Therapeuten, der auch gleichzeitig mein Psycho-Doc ist, die verordneten Tabletten ein. In der stetigen Hoffnung, dass mein ständiger Begleiter, dieser krankhafte Dämon, dadurch auch mal endgültig aus meinem Hirn verschwindet oder einfach mal seine Schnauze hält.

Von meinem Dämon weiß KEINER etwas. Und das soll auch so bleiben!

Ich verstehe allerdings, dass meine Gedanken in meinen kranken Hirnwindungen immer öfter sehr absurd aussehen. Denn ich verspüre eine fast ohnmächtige Lust darauf, Patienten zu ermorden oder besser gesagt: sie zu erlösen.

Kapitel 4

Leos Nachtdienst mit Brutus

Ich bin in den Nachtdienst verdonnert worden. Bei der Einteilung der Patienten wurde mir ein junger Mann zugewiesen, dem es ziemlich dreckig geht. Der Patient liegt in einem Einzelzimmer und wird künstlich beatmet. Er sei aktiver Handballspieler gewesen, hatte eine Grippe und hat sie nicht richtig auskuriert, heißt es bei der Übergabe meiner Kollegen aus dem Spätdienst. Daraufhin ist er ins Krankenhaus gegangen und ist kreislaufmäßig abgeschmiert. Er ist reanimations- und dialysepflichtig geworden. Seine Nieren arbeiten nicht mehr. Ich könnte ihm seine Nieren komplett entfernen und hinter meinem Wohnhaus vergraben, überlege ich leise für mich. Ein paar Sekunden später stelle ich meine Vernunft in Frage, schüttele mich und bereichere mich wieder an den eigentlichen Fakten rund um den Patienten. Ich füge mir weitere Details seines Zustandes zu Gemüte. Er ist aus einem anderen Krankenhaus zu uns verlegt worden, weil wir eine Dialyseabteilung beherbergen. Und nun … ist er mein Patient, auf der Intensivstation … in meinem verfluchten Nachtdienst.

Er heißt Herr B., liegt auch auf Zimmer 311 … dem Einzelzimmer. Wenn ich ihm HELFEN will, muss ich seine komplett verfickte Akte lesen. Also, Herr B. ist 45 Jahre jung. Er ist verheiratet und hat eine Tochter von 18 Jahren. Ich lese die ganze Krankengeschichte und bin ergriffen … oder verstört … oder aber auch ein wenig HEIß auf diesen Patienten. Er hat ein beginnendes Multiorganversagen, steht jetzt neu in seiner Akte. In meinem Kopf dreht sich alles. Multiorganversagen … Das wird nichts mehr!

Es ist 23 Uhr und ich gehe das erste Mal in sein Zimmer. Ich gucke ihn nicht an. Ich ziehe alle Medikamente auf, die er in den nächsten Stunden benötigen wird. Mein Drang wird größer und mein düsterer Dämon sagt mir, dass ich ihn mir angucken MUSS. Ich drehe mich herum und sehe einen Mann, aus dem mittlerweile ein ausgetrockneter, urämischer, vor sich hin tröpfelnder, fetter Klops geworden ist, der am Rande seines Grabes steht.

Plötzlich steht Stefan, ein Typ der Marke ›Ich weiß sowieso immer alles besser‹, in der Tür und brabbelt mir irgendeine Scheiße entgegen.

»Was hat er?«

»N 17, N 19.«

»Was ist das?«

»Schlag es nach, du Idiot».

Stefan zieht beleidigt ab, und ich sehe gedankenverloren zum Fenster in die Nacht hinaus. Ein jung verliebtes Paar steht unten an der Straße engumschlungen und küsst sich. Der Wind weht ihnen durchs Haar. Dann gehen sie weiter. Meine Augen füllen sich mit Tränen. Emotionalität … damit hatte ich in meinem bisherigen Leben wenig zu tun. Ich kenne diese Eigenschaft kaum, aber wenn mir, aus welchen Gründen auch immer, mal Tränenflüssigkeit aus meinen verschissenen Augen sickert, schnürt sich mir die Kehle zu. Angst kriecht in mir hoch, und ich kann kaum noch atmen.

Dann kehre ich zurück zum nicht mehr so flotten Herrn B. Ich schiebe die Zimmertür zu, setze mich auf den Besucherstuhl und vergieße Tränenflüssigkeit. Was für ein verdammter mit Scheiße beschmierter Eiertanz geht da in mir vor? Ich kann nicht mehr und schlage mit der Faust gegen die Wand.

Ich drehe mich um, um ihn mir erneut anzugucken, den aschgrauen Burschen von nur 45 Jahren. Er ist sediert mit Propofol.

Fünf Nächte absolviere ich, und betreue ihn

jede Nacht. Jede verdammte Nacht verschlechtert sich sein Zustand und mein krankhafter Dämon zischt mir ins Ohr: »Erlöse ihn doch endlich, Leo!«

In meiner letzten Nacht wird mir vom Spätdienst berichtet, dass die Ärzte beschlossen haben, eine Hirntotdiagnostik durchzuführen und nur noch mit der Familie reden müssten, um die Geräte abstellen zu dürfen. Ich hoffe, die Ärzte können das erledigen, ansonsten MUSS ICH DEN MANN BEGRABEN.

Ich gehe in mein wohlverdientes Frei, in der Hoffnung, den todkranken Burschen zu vergessen und nicht noch mal wieder zu sehen.

Mein Gemütszustand ist Scheiße. Ich bin total aus meinem Rhythmus … kann abends nicht schlafen und mein dämonischer Begleiter ist ununterbrochen bei mir. »Herr B.! Herr B.!« Unaufhörlich sabbert er mir die gleichen Worte ins Ohr.

»Fick dich, Herr B.!«, höre ich mich schreien. Gott sei Dank bin ich alleine.

Ich besaufe mich mit Bier und Schnaps. Um meine Gedanken ordnen zu können, muss ich Moni anrufen.

Moni ist eine ganz liebe Person. Die liebste Freundin, die ich kenne. Sie kann mich beruhigen und mich von meinen quälenden Gedanken runterholen.

»N'abend, Frau Bonbach.«

»Leo?«

»Ja, ich bin es. Was machst du?«

»Ich schaue Arbeiten der Viertklässler durch. Sie sind alle Scheiße! Warum mache ich diesen Job eigentlich?«

»Um dir damit deinen verfluchten Arsch abzuputzen«, gackere ich.

Dann lachen wir beide wie zwei manisch-depressive Säue.

Moni ist Lehrerin in einer Grundschule und muss sich mit kleinen hirnverbrannten Blagen auseinandersetzen. Sie ist 29 Jahre alt und eine attraktive blonde Frau und hat seit Neustem einen neuen Freund. Kilian.

»Moni … ich habe einen Patienten im Nachtdienst betreut, der es verdient hätte, zu sterben.«

»Warum?«

»Er wird sich nie und nimmer mehr erholen.«

»Leo, ich habe dir schon oft gesagt, dass du eine gute Krankenschwester bist. Ihr werdet das Richtige entscheiden.«

»Was heißt hier ihr?«

»Du und deine verfickten Ärsche … Äh,

sorry, Ärzte!«, lacht Moni.

Verdammt richtig, denke ich. Im Großen und Ganzen ist die Reaktion von Moni nicht gerade weltbewegend. Moni und ich reden noch über belanglose Dinge und legen dann auf.

Ich hatte nur drei Tage frei, nach fünf beschissenen Nächten. Nun kam ich laut Dienstplan in den Frühdienst. Noch beschissener! Ich hasse es, so früh aufzustehen. In meinem Hirn ruckelt es. Ob Herr B. es mittlerweile in die Tiefkühltruhe geschafft hat?

Am nächsten Morgen komme ich voller Erwartungen und Angst auf die Intensivstation. Ich ziehe meine grüne Kluft an und latsche gemächlich zur Kanzel. Mein erster Blick geht zur Patiententafel, um abzuchecken, wer jetzt in Zimmer 311 liegt. Herr B.! Boah, das kann doch nicht wahr sein. Ich zittere und mein junges Herz fängt an zu rasen!

Mein düsterer Dämon lacht kurz auf und zischt mir ins wahnsinnige Hirn: »DAS IST DEINE CHANCE, **LEO**!«

»Morgen Leo.«

»Morgen Ludwig.«

Ludwig ist auch Krankenpfleger und eigentlich ganz okay. Ich sehe ihn an und mir bietet sich ein verdammt ekeliges Bild. Ludwig hatte Nachtdienst und sieht aus wie ein gerupftes Huhn, das man grad durch eine Kanone geschossen hat. Er hat Blut unter den Fingernägeln und am Kittel und Kotze auf seinen grünen Gummi-Clogs.

»Du stinkst, du alte Sau«, zische ich ihm mit einem dreckigen Grinsen zu. Er dreht sich zu mir und guckt mich mit blutrot unterlaufenden Augen an. Sie erinnern mich an diese Albino-Kaninchen mit ihren gruseligen Augen. Ludwig kräuselt missbilligend seine doofe Stirn und positioniert sich auf seinem Drehstuhl.

»Fick dich, Leo. Wir hatten 'ne beschissene Nacht mit viereinhalb Notaufnahmen.«

»Was war denn die halbe Aufnahme? Ein dicker Diabetiker Typ 2 mit zwei amputierten Beinen?« Ich muss laut auflachen.

»Du bist krank, Leo, halt einfach deine verdammte Fresse!« Ludwig steckt sich einen Kugelschreiber in den Mund, dreht sich wieder um und widmet sich der Dokumentation seines schlimmen Nachtdienstes.

»Okay, Ludwig«, sage ich und setze mich.

Es dauert nicht lange, und all meine anderen Kollegen trudeln ebenfalls ein. Ich mustere sie alle genau. Die ganzen Drecksäcke; tun immer so, als wären sie wunderbare Menschen. Dabei hat die ein oder andere Hure von denen auch Dreck am Stecken.

Die Übergabe beginnt. Jeder einzelne berichtet von seinen Patienten mit hochgestochenen medizinischen Fachausdrücken, nur um sich gegenseitig zu imponieren. Jeder einzelne Wichser von denen will besser sein als der andere. Ich kann diese Heuchelei nicht mehr ertragen und frage laut in die Runde, ob sich Frau S. denn heute früh schon die Brumsumse hat waschen lassen.

Meine Stationsleitung kichert, die anderen sind ganz pikiert. Innerlich lache ich sie alle aus. Ich hätte ja auch Fotze sagen können, hab ich aber nicht. Die Arbeitskollegen regen sich innerlich auf, ich merke das. Dabei haben sie alle selber einen Pimmelchen oder ’ne Brumsumse.

Die Patienten werden unter uns aufgeteilt. Ich bekomme erneut Zimmer 311! Herr B., und eine weitere Patientin. Eine junge Frau, die ich aber erstmal vernachlässigen werde.

Ich habe mir einen Spitznamen für Herrn B. ausgedacht. Ich finde Brutus ganz lustig und laufe flott zu seinem Zimmer.

Brutus sieht erschreckend aus. Ich lese seine Akte, die Hirntotdiagnostik ist immer noch nicht gelaufen … Aahhh, ein Tic bahnt sich an … Ich tice … werfe den Kopf und zucke mit den Schultern. Es regt mich auf, was machen die Ärzte hier eigentlich? Ich lehne mich an die Wand und bin betroffen über Brutus' Zustand. Betroffen, dass jemand, der noch so jung ist, sterben wird. Was für ein Leidensweg! Ob er sich noch fragen kann, was der Himmel für ihn bereit hält? Brutus hatte bestimmt viel Spaß mit seiner Tochter. Ich stelle ihn mir spielend mit einem kleinen Mädchen an einem schönen Herbsttag vor, und nun liegt er vor sich hinvegetierend hier bei mir auf Zimmer 311. Ich muss endlich handeln! Ich bereite wieder dieselben Medikamente vor wie zuvor im Nachtdienst. Es hat sich nichts geändert.

Dann steht mein Entschluss relativ schnell fest. Ich ziehe anstatt des Dopamins nur Kochsalz auf, klebe aber das Etikett vom Dopamin fein säuberlich auf die Perfusor-Spritze.

Nervenkitzel steigt in mir auf. Was für ein wahnsinniges Gefühl, ich erlöse ihn … Ich werde Brutus umbringen. Dieses Gefühl, mit einer Krankheit und dem Leiden eines Menschen in ihrer ganzen Komplexität umzugehen. Ich habe alles im Griff. Ich stehe mit einem guten und kraftvollen Einsatz an der Spitze eines Scheißhaufens. Ist das die Elite meines Berufs? Ich bin die Queen. Jawohl.

Dann geht alles blitzschnell. Ich tausche die Perfusor-Spritzen gegeneinander aus. Spritze das Dopamin ins Waschbecken.

Jetzt fließt nur gottverdammtes Kochsalz in Brutus' Körper.

»Komm schon, Brutus«, nörgele ich ihn an. »Tu, was wir beide wollen.« Und dann *fliegt* Brutus davon. Sein Kreislauf versiecht innerhalb weniger Minuten. Der Monitor alarmiert. Brutus wird bradykard. Ich gehe zu unserem Stationsarzt. Ein junger Spanier, Pedro … Oder ist er Italiener? Ist mir auch egal …

»Pedro, auf Zimmer 311 sieht's scheiße aus. Kreislauf sackt ab und die Herzfrequenz wird langsamer. Machen wir da noch was?«

»Nein, Leo, wir lassen ihn gehen.«

Aha, endlich kommt mal was Vernünftiges aus deiner spanisch-italienischen Schnauze, denke ich mir und laufe zurück ins Zimmer.

Innerhalb von 10 Minuten ist Brutus tot. Todeszeitpunkt 8.36 Uhr am 07.01.2012.

Mein düsterer Dämon ist nicht da. Ich atme tief ein, sodass mir die Lungenflügel brennen. Ich grinse, ich fühle mich gut … schmeiße meinen Kopf in den Nacken und überlege blitzschnell, welches Andenken ich von Brutus mit nach Hause nehmen könnte.

Wie von Sinnen hole ich ein Abstrichröhrchen und streiche damit Brutus einmal durch den Mund. Seine DNS und MEINE ERSTE TROPHÄE! Ich brauche seine DNS. Aber wofür? Ich sehe plötzlich keinen Sinn darin, ein mit Spucke beschmiertes Stäbchen für immer zu behalten … Nein, es wird meine erste und letzte Trophäe bleiben! Immerhin ist Brutus der Erste gewesen!

Trotzdem will ich das Röhrchen unbemerkt in meinen Spind bringen. Es kommt mir vor, als würde ich mich in Zeitlupe bewegen. Meine Beine sind so schwer wie Blei, ich rudere mit den Armen und versuche in alle Richtungen zu gucken. Meine Trophäe halte ich jetzt fest in der Hand, und diese bleibt verkrampft in der Kitteltasche. Meine unwillkürlichen Bewegungen müssen aufhören. Ich laufe in Richtung Frauengarderobe, an unserer Kanzel vorbei. Zwei Kollegen und Pedro stehen in der Kanzel und besprechen sich. Über was weiß ich nicht, ich kann es nicht verstehen … Pedro guckt auf und sieht mir direkt in die Augen, seine Augen sind dunkel und flattern, ich laufe weiter und in dem Moment durchbricht mich ein Tic. GRUNZ, RÄUSPER, WÜRG. Pedro guckt wieder weg!

Jetzt habe ich nur noch diese junge Frau zu betreuen. Sie leidet an Colitis ulcerosa. Pedro untersucht sie gerade anal und ist nach seiner Darmuntersuchung ganz aufgeregt, weil Blut und Eiter an seinem Finger beziehungsweise Handschuh sind. Mein Gott, denke ich, was sind das alles für unprofessionelle Ärzte hier! Die Patientin sollte sigmoidoskopiert werden. Pedro wird ganz hitzig und ich frage mich, wie lange er jetzt eigentlich schon bei uns auf der Intensivstation ist. Er hat doch auch schon andere Dinge gesehen und gemacht. Warum macht er jetzt so einen Aufriss? Na ja, er kommt ja auch ganz frisch von der Universität, hat keine praktischen Erfahrungen und vielleicht ist das Herumfingern in einem Damenarsch etwas zu viel für seine junge Ärzteseele.

Es ist 13 Uhr, der Spätdienst kommt, ich mache Übergabe und verziehe mich sofort mit meiner Trophäe nach Hause.

Kapitel 5

Jesus Christus …

Karl ist jetzt schon über fünf Stunden fort. So lange waren wir noch nie voneinander getrennt. Ich mache mir Sorgen … lege mich aber schlafen, in der Hoffnung, das Karl bald nach Hause kommt.

Irgendwann erwache ich. Ich schaue mit verklebten Augen auf die Uhr. 11.30 Uhr.

»Kaaarl?«, rufe ich laut, aber nichts tut sich. Er ist immer noch nicht da. Wo steckt er nur? Ist er so sauer auf mich, dass er gar nie mehr zurückkehrt? Ich schlurfe zur Küche, um vielleicht noch einen kleinen eingelegten Hautstreifen oder eine abgetrennte Hand vorzufinden. Mein Magen knurrt nämlich unaufhörlich. Jetzt eine leckere Hand, gut durchgebraten und scharf gewürzt … was zum knabbern, das wäre super! Beim Öffnen des Kühlschranks entfleucht mir ein »Oh Mann«. Im Kühlschrank herrscht gähnende Leere. Mein Entschluss steht fest: Ich, Lotte, muss mich alleine auf die Pirsch legen, um an mein Fressen zu gelangen.

Ich gehe nach draußen, steige in unser Auto und zünde mir eine Kippe an. Eigentlich rauche ich nicht, es sind Karls Kippen, aber meine

Nervosität übersteigt gerade meinen Horizont und meine Vernunft. Ich bin noch nie alleine jagen gewesen. Wahrscheinlich habe ich immer mit Karl konkurriert und stand immer in seinem Schatten. Er ist der Routinier von uns beiden. Ich seufze tief! »Wie hast du nur die ganzen Jahre dein Leben im Griff haben können, wenn du doch eigentlich eine Null in unseren Kreisen bist?«, frage ich mich. »Eine ausgebildete Kannibalin, die immer nur ihrem großen Bruder hinterhetzt«, stelle ich kopfschüttelnd fest. »Ich bin keine Null!«, kreische ich dann auf und starte den Motor.

Ich fahre ziellos durch Berlin, bis ich eine Frauengruppe RIECHE, die es sich in einem abgelegenen Industriegebiet gemütlich gemacht hat. Sie sitzen im Kreis zusammen und kochen sich Stoff auf; wahrscheinlich Heroin. Eine Heroinsüchtige als Speise? Hm, na ja, nicht meine erste Wahl, aber besser als gar nichts. Beobachtung ist jetzt angesagt! Es ist eine hervorragende Nacht. Eine Nacht für einen Schrecken ohne Ende; ich bewege meinen Kopf ein wenig, um die Heroinhuren wieder beobachten zu können. Jetzt fühle ich mich wieder wesentlich besser. Mein Herz schlägt im normalen Rhythmus und meine Atmung hat sich normalisiert. Alle drei Frauen sind sehr mager, ausdruckslos und blass. Eine von ihnen hat eine merkwürdig schlaffe Fresse und ein spitzes Kinn. Ihre Gesichtsfarbe ist zum Kotzen. Die anderen beiden wirken jünger und noch nicht ganz so ausgemergelt. Ich entscheide mich für die Frau mit den strähnigen blonden Haaren. Sie glotzt so abstrus in die Leere, diese alte Made.

Stumm steige ich aus dem Wagen und laufe mit einem Messer direkt auf die drei Frauen zu. »Was ist hier los?«, schreie ich die Frauen an. *Toller Spruch, Lotte!*

»Was soll hier los sein?«, zischt mir die mit der schlaffen Fresse zu. Alles, was die drei jetzt sehen, ist eine zierliche blond gelockte Frau mit einem Messer in der Hand, die wahrscheinlich zudem etwas lächerlich aussieht. Es kommt mir vor, als würden die drei Süchtigen auf ein Ereignis warten, das nicht so recht eintreten will. Sie starren mich mit ihren ausdruckslosen Augen an und wenden sich wieder ab, weil nichts geschieht. Ein Moment tiefer Ruhe senkt sich über uns. Binnen Sekundenbruchteile schwappt meine schwarze Kannibalenseele wie ein Fass voller Eingeweide über. Ich brülle wie am Spieß und springe wie eine Tarantel auf die drei Weiber zu. Eine mir unbekannte Teufelswut übersprudelt meinen kleinen Korpus und ich hämmere einen der drei von Heroin verformten Fressen immer wieder auf den Asphaltboden – *Bumm bumm bumm!* Mein Gott, habe ich eine Kraft! Ein zermalmter Schädel samt dünnem Körper findet als Erstes seine göttliche Ruhe.

»Du Fotze«, kreischt mich eine andere an. Flink schieße ich zu ihr herüber und packe sie am Hals. Ich drücke zu, so fest ich kann. Ihr verschissener Körper zappelt, als wäre er voller Ameisen. Ich schlitze ihre Kehle mit meinem Messer auf; so tief, dass ich die Klinge über den Knochen schleifen höre. Die zweite – auch tot!

Ich schaue mich um und sehe, wie der letzte widerliche Suchtkörper versucht zu fliehen. Meine Augen glühen, Blut rinnt heraus … Etwas in meinem Innern will DIESES Mädchen fressen. Ohne viel Mühe bin ich bei ihr und drücke sie zu Boden. Ich haue mit irgendeinem Gegenstand, der plötzlich in meiner Hand liegt, auf ihre Arme und Beine – *bäm, bäm, bäm*! Ich hätte schwören können, dass ich diesen Gegenstand vorhin noch nicht hatte. Egal! Ich schlage schnell und hart auf sie ein; ihre Knochen springen in alle Himmelsrichtungen, und sie bringt ein letztes »Jeeeesssusss« heraus. Dann bewegt sie sich nicht mehr; sie ist bereits zu meinem Mahl geworden. Ich ziehe flott noch einmal mein Messer hervor und schneide dem Mädchen an Ort und Stelle noch beide Ohren ab. *Das ist deine Gabe des Fleisches, Lotte!* Ich schwitze und fresse beide Ohren auf. Ein omnipotentes Gefühl macht sich in mir breit.

Back@home: Ich trage MEIN Mädchen in unser Appartement hoch und lege es daheim auf den Küchentisch. Die Küche ist hell erleuchtet, so ich kann mich gut ans Werk machen. Doch die restliche Wohnung ist noch immer dunkel; Karl ist noch nicht zurückgekehrt. Im Moment aber interessiert mich nur die Körper vor mir …

Die Wärme ihres Blutes hat mittlerweile an Behaglichkeit verloren. Dennoch arbeite ich mich vor, wie ich es gelernt habe. Zuerst trenne ich den Kopf ab, dann skalpiere ich ihren Unterleib. Ein gekonnter Schnitt, und ich kann meine Hände in das weibliche Becken stecken. Mich überrollt ein erquickliches, behagliches Gefühl. Voll von Emotionen schmeiße ich meine Lockenmähne in den Nacken und durchstöbere die inneren Organe. *Mein Gott, ist das gut!* Ich bin auf der Suche nach der inneren und somit tiefer sitzenden Hüftschlagader. Da sie mit ihren seitlichen Ästen das komplette Becken versorgt, ist sie eine besondere Delikatesse. Während der Suche überrollt mich ein krampfhafter und wuchtiger Orgasmus: »Jeeeeesssuss«, schmettere ich voller Inbrunst. Und dann finde ich endlich, was ich wollte. Meine Delikatesse der besonderen Art! Meine Euphorie steigt und steigt … und mit unerbittlicher Wonne fresse ich …

»Lotte.«

Ich drehe mich erschrocken um. In der Tür steht Karl, mein Bruder. Endlich!

»Wo warst du nur so lange? Ich habe mir Sorgen …«

»Ich habe andere Kannibalen getroffen und was gefunden, das dich auch sehr freuen wird. Du wirst nie mehr jagen gehen müssen, ohne aufs Töten verzichten zu müssen. Aber wie ich sehe, kannst du es eigentlich sehr gut.« Karl mustert meinen Kampfplatz in der Küche. Er sabbert ein wenig.

»Ist noch was übrig?«

»Natürlich. Bedien dich.« Karl nickt zufrieden und macht sich über das Mahl her.

»Hilf mir mal, die dumme Kuh herum zu drehen«, sagt er irgendwann.

Wir wirbeln den Junkie auf den Bauch. Karl zückt sein Messer und eröffnet die beiden

Schultern, die Schenkelknochen und die Wirbelsäule, um an das Mark zu gelangen. Karl entfernt noch beide Nieren und die Leber. Er wirft alles in einen Mixer. Die Farben der Eingeweide leuchten hell auf. Ich weiß, was er vorhat … Er füllt das leckere Gemisch in die Darmhäute und bindet die jeweiligen Enden zusammen. Zusammen braten wir die Würste pikant an und schlingen sie mit Hochgenuss hinunter.

»Den Rest können wir morgen erledigen. Morgen ist das Fleisch noch schmackhafter«, sagt Karl sichtlich gesättigt.

Plötzlich ist es ganz leise und Karl schaut in das schimmernde Mondlicht.

»Schwesterchen, weißt du, was wir jetzt machen?«

Ich merke, wie ich anfange zu schwitzen und sich die Schweißperlen langsam über meine Brüste und meinen Bauch schleichen. Gleichzeitig wird mein Mund ganz schlaff. Dann tauchen zwei kräftige Arme vor mir auf, die mich umarmen.

»Wir werden jetzt einen neuen Rasoris zeugen, Lotte«, haucht Karl mir ins Ohr.

»NEIN, Karl … bitte.« Ich versuche, mich aus seiner Umarmung heraus zu winden wie ein Wurm. Er hat mich aber fest im Griff.

Karl ballt eine Faust und hält sie mir unters Kinn. Mir ist klar, dass er mich auch töten könnte, wenn er wollte.

»Du wirst das machen, was ich dir gesagt habe. Du wirst das machen, was deine Mutter auch für unsere Familie getan hat. VERSTANDEN?«

Karl

All diese Dinge bereiten mir, Karl, große Genugtuung. Ich habe etliche Jahre gebraucht, um zu verstehen, dass dies MEIN Job sein wird. Ich bin es leid mit Lotte. Die Aussage kommt mir komisch vor. Sie ist schließlich meine Schwester. Ein verzerrtes Lachen verzieht meine Lippen.

»Komm mit, Lotte.«

»Nein.«

Lotte steht regungslos in der Küche und unsere blutverschmierten Mäuler leuchten in einem tiefen, saftigen Rot, welches sich unendlich dominierend zwischen uns beiden ausbreitet. Ich höre ihre Diastole lebhaft pochen. Der Klang macht mich total an. Lotte fängt an sich zu bewegen; ich halte sie fest. *Großer Gott, sie ist wirklich hübsch*, schießt es mir durch den Kopf. Ich zerreiße Lottes Klamotten und drücke ihren Oberkörper auf den blutverdreckten Küchentisch. Lotte starrt mich noch einen Moment an und murmelt dann: »Ich hasse dich.«

Ich drücke ihren Kopf fest auf den Tisch, zerre meine Hose herunter. Ein scharfes Kribbeln trifft meinen Pimmel.

»Weißt du, Schwesterchen, ich stehe nicht auf Blümchensex. Ich will das der neue Rasoris durch einen dreckigen Fick gezeugt wird.«

Ich muss laut aufstöhnen, als mein mächtiger Pimmel … »Jeeessus!«

Lotte

Karl ist nach wenigen Minuten bereits FERTIG. Ich rutsche vom Küchentisch und knalle auf den kalten Boden. Mein Bruder ist ins Badezimmer gegangen. Dieses Arschloch hat mich tatsächlich vergewaltigt. Ich drehe mich auf den Rücken und betrachte die seltsamen Lichtschnörkel, die über die Decke sausen. Es wirkt wie ein Meer, ein Sturm, ein stürmischer Ozean. Rauschen macht sich in meinen Ohren breit, klingt wie eine Brandung. Ein Gefühl durchläuft meinen Körper, eine Art qualvoller Wunsch, Karl umzubringen. Diese Mordlust ist stärker, als ich je eine gespürt habe. *Jesus Christus,* denke ich.

Karl kehrt mit einem breiten Grinsen zurück in die Küche. Er ist splitterfasernackt. Ich beäuge ihn von oben bis unten.

»Hast du ’nen kleinen Pimmel, du verdammter Bastard.«

»Wir sind noch lange nicht fertig, Lottchen«, höre ich ihn lachend sagen.

Mein Gefühl ist tatsächlich so überwältigend und stark, dass ich es wage, auf ihn zu springen. Wir fallen beide zu Boden und ich kann ihm seine Visage für einen kleinen Moment lang zur Seite drücken und seine Unterlippe mit dem Finger fest nach unten ziehen. Karl lacht weiter und packt mich an meinen Haaren. Er zieht so heftig daran, dass er erneut Macht über mich hat und mich nochmals zur Arbeit zwingt. Sein Penis fühlt sich furchtbar an. Er grabscht mir an meine Brüste, grob und fest. Karl beginnt den knitterigen, rosa Doppelknoten aus Fleisch zwischen seinen Fingern hart zu kneten. Meine Tränen tropfen auf den Boden und ich kann nur ein kehliges, schmerzerfülltes Wimmern hervor bringen.

Ich begreife jedoch schnell, dass meine Gegenwehr ihn nur noch mehr dazu antreibt, mir weh zu tun.

Er kneift mir so fest in die Brustwarzen, dass ich glaube, ohnmächtig zu werden.

Minuten später ist der Freak fertig. Er steht nackt neben dem Kühlschrank und starrt hinein.

»Sieht so aus, als ob wir keinen Schnaps mehr hätten. Ich kann jetzt einen gebrauchen. Machen wir eine kleine Spritztour, Schwesterherz, und suchen uns einen Schnapsladen. Vielleicht stelle ich dir auch noch Ilja vor. Zieh dich an!«

Ich will nicht, habe aber die Kraft nicht mehr, ihm zu widersprechen. Unten auf der Straße drückt er mich dann unsanft in unser Auto. Ich bin komplett eingehüllt in Schmerz, Scham und Wut. Mein Mund ist so erschlafft, dass mir Speichel heraus rinnt.

Karl schaltet das alte Autoradio ein und dreht an den Knöpfen, bis er einen Sender gefunden hat. Phänomenale Töne schwappen aus den Lautsprechern und Karl nimmt Fahrt auf.

Mein Bewusstsein schwebt davon. Von da an kann ich mich an nichts mehr erinnern.

Kapitel 6

Irgendwann und irgendwo …

Irgendwann werde ich wach. Mein Hirn nimmt langsam seine Tätigkeit wieder auf. Ich bin nicht zu Hause; das ist mir schnell klar. Als Zweites bemerke ich den widerlichen Geruch von Fäkalien – ein abartiger Gestank. Aber meine Nase nimmt auch Blut und Fleisch wahr … Dann drückt mir eiskalter Beton gegen das Gesicht. *Wo bin ich?* Sitze ich nicht mehr neben meinem beschissenen Bruder im Auto? *Was hat das zu bedeuten?* Dann wird mir bewusst, dass ich schon wieder nackt bin … und mit einem dicken Seil an Händen und Füßen gefesselt. Mir wird eiskalt, mein Magen dreht sich um und ich habe einen fetten Kloß im Hals. Wo immer ich jetzt auch bin, ich wünsche mir verzweifelt, die Zeit zurückdrehen zu können, um meiner Mutter zu sagen, dass es mir egal ist, eine Rasoris zu sein … und das ich abhauen werde. Irgendwohin!

Der Raum ist zwar dunkel, aber nicht dunkel genug. Ich kann erkennen, wie Karl und eine zweite Person plötzlich herein kommen. Die Beleuchtung flammt auf und taucht den Raum in ein grelles Licht. Neben meinem Bruder steht ein weiterer Freak mit einer Maske auf dem Kopf. Nein, es ist eine Ganzkörpermaske. Es scheint so, als hätte er weder Hose noch etwas anderes an. Wie eine zweite Haut trägt er diesen Anzug. Nur sein Glied hängt aus einem Schlitz heraus. Ich habe noch nicht viele nackte Männer gesehen, aber dieser Typ scheint ein außergewöhnlich großes Ding zu haben. In beiden Händen hält der Freak einen Gegenstand. Mittlerweile ist mir kotzübel.

»Karl, was soll der Scheiß? Wo sind wir?«

Karl kommt auf mich zu und hockt sich neben mich. Ein Zittern kann ich nicht unterdrücken.

»Lotte, mein Liebes. Wir sind hier im Putanerviertel. Ich habe dir davon erzählt … Weißt du noch? Wir bekommen hier Menschenfleisch gestellt … wir müssen nicht mehr jagen. Hier ist unsere Familie … alles Verwandte unseres Klans«

»Dann binde mich los, du Affe«, schreie ich Karl an.

»Du gefällst mir so nicht, Lotte. Du bist mir zu aufmüpfig und vor allem scheinst du unserer Tradition nicht regelkonform folgen zu wollen. Wir zwei – Bruder und Schwester – sind uns nicht einig, und du passt dich nicht genug an.«

»Ich töte und fresse genauso wie jeder Rasoris. Menschenfleisch fressen und Blut saufen, dass sind meine Ideale. Das Einzige, was ich nicht will, ist deinen verdammten Pimmel in mir haben und ein Kind mit dir zeugen. Mein Gott, Karl, wir hatten doch anderes vor. Wir wollten es besser machen. Was ist nur aus meinem Bruder geworden?«

Sein Blick trifft in diesem Moment den meinigen und ich kann sehen, wie seine frühere Seele ihm entrinnt. In diesem Augenblick wird mir klar, dass Karl eine Bestie geworden ist und ich mich fügen muss. Karl schließt die Augen, erhebt sich und geht zur Tür.

»Ich hoffe, das hier wird dir jetzt eine Lehre sein und danach bist du die Schwester, die ich mir immer gewünscht habe … Und du wirst mir dienen; so wie es sich für eine Rasoris gehört. Das ist übrigens Bob«, sagt er noch und deutet auf den ekligen Kerl. Mit einem »Bob, fang an!« ist er dann verschwunden.

Der wahnsinnige Freak mit der Überhaut kommt auf mich zu. Die Gegenstände in seinen Händen stellen sich als ein Gewehr und ein Baseballschläger heraus. Sein Penis hüpft beim Laufen auf und ab. Bob verdreht seinen

Schädel, um mich besser ansehen zu können. Der Typ legt das Gewehr und den Baseballschläger auf den Boden.

»Was hast du mit mir vor?«, frage ich voller Zorn, doch vergehe ich innerlich vor Angst.

»Das weißt du doch!«, entgegnet der Freak. »Aber ich werde dir ein paar Möglichkeiten lassen. Entweder du entscheidest dich für mich, für das Gewehr oder den Baseballschläger. Wenn du keine Wahl treffen willst, werde ich für dich entscheiden.«

»Ich habe dir IRREM TYPEN nichts getan. Das ist was zwischen mir und meinem Bruder.«

Bob guckt nach unten und sagt: »Das ist es schon lange nicht mehr. Nicht so lange du dich endlich entschieden hast, LOTTE. Also Kleines, mein Pimmel ist 25 Zentimeter lang, das Gewehr 85 und der Baseballschläger 70 …«

Scheiße verdammte! Was ist hier nur los? Oh Gott, bitte hol mich hier raus! Ich kann nichts sagen, denn meine Angst und meine Enttäuschung über meinen Bruder sind zu groß. Ich versuche mit aller Kraft auszublenden, was als Nächstes passieren wird. Es ist eine Lektion, die ich mein Leben lang nicht vergessen werde, dass ist mir klar.

Dann reißt mich Bob aus meinen hoffnungslosen Gedanken.

»Sieht so aus, als ob ich für dich die Entscheidung treffen müsste, was?« Bob kommt auf mich zu und löst die Fesseln an meinen Füßen.

Ich winde mich wie eine Made im Speck. Zappelnd und strampelnd versuche ich, doch noch irgendwie meinem Schicksal zu entkommen. Doch ich weiß, ich kann es nicht aufhalten. Ich spüre die riesigen Hände von Bob an meiner Hüfte, sein fauliger Mundgeruch nimmt mir die Luft zum Atmen. Er grunzt und sein riesiger Körper bebt. Ich schließe meine Augen in der Hoffnung, dass dies nur ein abscheulicher Albtraum ist und bete so inbrünstig zu Gott, wie ich es zuvor noch nie getan habe. Doch mein Wunsch wird mir nicht erfüllt.

Dafür steht jetzt schlagartig meine Entscheidung für die Zukunft fest. Ich will keine Rasoris mehr sein, und mein Bruder wird sich irgendwann und irgendwo genauso winden und schmerzerfüllt schreien, wie ich es jetzt tue.

Ich leide, und meine Tränen strömen mir über die Wangen. Das Martyrium hört einfach nicht auf. Bob vergewaltigt mich immer und immer wieder. Die Kammer stinkt, ist feucht und dunkel, ich habe Angst. Und dieser Bob fügt mir ein so starkes Leid zu, wie man es sich kaum vorstellen kann.

Das Lachen meines Bruders, das von außerhalb der Kammer zu mir dringt, macht mich noch ängstlicher, und ich wage mir kaum auszumalen, was noch alles passieren und mir zustoßen könnte. Das erste Mal in meinem Kannibalen-Leben fühle ich mich in der Sackgasse, und weiß, dass ich in eine mir unbekannte Welt geraten bin, die ich nicht mehr so verlassen würde, wie ich sie einst betrat. Inmitten diesem schwierigen Gefühlschaos höre ich immer wieder die Stimme meines Bruders. Ekel …

Bob ist mittlerweile fertig mit mir und schmeißt mich wie ein totes Stück Fleisch in eine Ecke der Kammer. Ich weine und schreie meinen Entschluss heraus: »Ich bin keine Rasoris mehr! Ich werde unterdrückt! Bei Gott, ich bin keine Rasoris mehr! Ich werde unterdrückt und vernichtet!«

Karl betritt meine nach Sperma und Schweiß stinkende Zelle und übergießt mich mit Schimpfwörtern. Dann beginnt er mich zu verspotten, indem er sagt: »Ich werde noch mehr Männer zu dir schicken, wenn du nicht endlich aufhörst, unsere Familie so lächerlich zu machen.« Dann lacht er auf und sagt: »Ich habe dich und Bob beim Ficken beobachtet. Es hat dir Spaß gemacht, nicht wahr, Schwesterchen?«

Anschließend schlägt mich Karl über eine Stunde lang windelweich und zwingt mich danach, ein Glas Blut zu trinken. Es widert mich an; ich mag kein Blut mehr trinken. Doch Karl schüttet es mir gnadenlos in den Schlund. Später war mir klar, dass er eine Droge unter das Blut gemischt hatte.

Irgendwann erlange ich mein Bewusstsein wieder. Ich weiß nicht, wie viele Stunden oder Tage vergangen sind. Was ich aber deutlich erkenne: Ich bin immer noch nackt und mein Körper ist innerlich und äußerlich total geschunden. Ich bin übersät mit Hämatomen unterschiedlichster Größen und Farben. Mir tut alles weh. Mir wird in der kleinen Zelle klar, dass ich etwas verloren habe, dass mir kein Gesetz dieser Welt wieder zurückgeben könnte. Ich bin von Karl und Bob vergewaltigt worden! Ein Hysterieanfall überkommt mich urplötzlich, und ich beginne, meinen Kopf auf den harten Betonboden zu schlagen. Unweigerlich öffnet sich nach kurzer Zeit die Zellentür und Karl kommt mit Bob und noch einem

Mann herein.

»Lotte, hör auf damit! Ich habe dir Bob und noch einen weiteren Rasoris mitgebracht … und natürlich mich«, höre ich Karl lachend sagen. Seine Stimme vibriert in meinen Ohren, genauso wie die schallenden Schläge, die ich dann zu spüren bekomme.

Die drei Männer schlagen mich und vergewaltigen mich abwechselnd, während sie laut dabei lachen und Musik hören.

Warum töten sie mich nicht einfach? Was für Bestien …

Tag für Tag wiederholen sich die Szenarien von Vergewaltigung und Schlägen. Von da an nenne ich sie nur noch Bestien, Freaks und Kriminelle. Und jeden einzelnen verdammten Tag erfinden die Freaks, die sich MEINE FAMILIE schimpfen, neue Taten, die noch grausamer sind als die vorherigen.

Nach ungefähr einem Monat bekomme ich abermals Besuch von meinem Bruder; dieses Mal bringt er einen schwarzhaarigen, großstämmigen Rasoris mit in meine Zelle.

»Hast du Hunger, Lotte?«, fragt Karl mich.

»Was für eine dämliche Frage, Bruderherz! Natürlich habe ich Hunger, ihr gebt mir seit Tagen nur zu trinken. Wann kann ich hier endlich raus?«, frage ich ihn. Ich spüre die Wut in mir, aber auch, dass mein Körper unendlich schlaff und entkräftet ist.

»Wenn du mir den einen oder anderen neuen Rasoris geschenkt hast – beziehungsweise uns, unserer Dynastie –, dann kannst du gehen. Versprochen! Weißt du Lottchen, mir ist es egal, von wem die Kinder sein werden, die du uns gebären wirst. Wir sind schließlich alle Rasoris-Männer«, zischt er mir wie eine fiese Schlange entgegen.

Mein Hirn fängt an, sich zu drehen … »Nein, das kannst du mir nicht antun, Karl.« In diesem Moment, habe ich das Gefühl, mein Körper zerfällt in einen elendig wirkenden Haufen Asche. Ich krieche nackt auf allen Vieren zu dieser Bestie von Karl und flehe ihn an. Mein ganzer Stolz, zu dieser Familie zu gehören, ist dahin geschmolzen wie eine Eissäule in der grellen Mittagssonne. Ich ziehe an seinem Hosenbein und küsse seine Füße.

»Es ist vorbei, Lotte. Du hattest deine Möglichkeiten, richtig dazuzugehören, aber du hast sie nie genutzt. Du wirst uns Rasoris-Männern – genauso wie unsere Mutter – nur dazu dienen, unsere Pimmel in deinem Körper aufzunehmen und uns neue Rasoris-Babys zu schenken. Und mach dir keine Sorgen, du bekommst auch was zu fressen.«

Das Gehörte schallt wie ein Echo gegen mein Hirn und ich knie mit hängendem Kopf vor den zwei Freaks. Schlagartig stülpt die schwarzhaarige Bestie mir einen schwarzen Sack über den Kopf und führt mich in einen anderen Raum. Dort reißt er mir den Sack wieder vom Kopf.

Wir stehen in einer Art Badezimmer. Aus den Wänden ragen dicke Rohre für kaltes und warmes Wasser. Er sagt, ich solle mich duschen, dreht sich um, geht hinaus und schließt hinter sich die Tür dreimal ab.

Obwohl ich sehr erschöpft bin und überall Schmerzen spüre, und trotz der gewaltigen Wunden lasse ich etwas Wasser auf meinen Körper laufen. Meine Aussichten sind hoffnungslos, ich werde auch als Geburtsmaschinerie gehalten … wie meine Mutter … nur noch schlimmer. Meine Tränen tropfen unaufhörlich auf die kalten Fliesen und ich denke: ›Lotte, du musst durchhalten! Du musst diesen abscheulichen Klan irgendwie verlassen.‹

Ruckartig werde ich aus meinen Gedanken gerissen; die schwarzhaarige Sau steht wieder im Bad. Ich erschrecke.

»Ich bin noch nicht fertig …«, sage ich und greife hinter mich, nehme den Gegenstand, der mir in die Hand fällt und schlage ihm damit ins Gesicht.

Seine Reaktion ist hart. Auch er missbraucht mich auf brutale Art und Weise und spuckt mir dabei ständig ins Gesicht. Danach schleift er mich über den Boden zurück in mein kleines neues Zuhause.

Die Freaks nennen es MEINE BEHANDLUNG, und so werde ich manchmal an einem Tag bis zu zehnmal vergewaltigt. Es ist ein Ausmaß an Leiden, dem ich selbst kaum Glauben schenken kann, und auch meine Gesundheit wird von Tag zu Tag schlechter.

Es vergehen … ich weiß es nicht! Ich habe überhaupt kein Zeitgefühl mehr. Zwischenzeitlich habe ich so etwas wie ein Bett bekommen, ein paar Lumpen zum Anziehen, und ich bekomme auch jeden zweiten Tag etwas zu Trinken und zu Essen – natürlich Menschenfleisch! Ich nehme es mit viel Widerwillen in mich auf, trinke auch das Blut.

Es ist nicht mehr meine Dynastie, und ich überlege jeden Tag, wie ich dem Ganzen hier entfliehen kann. Ich bete – Tag für Tag, aber es will einfach nichts passieren.

Das Einzige, was dann passiert – und es musste ja so kommen: Ich bin schwanger! Meine Welt bricht dennoch nicht zusammen. Ich verlange nach Karl und werde es ihm mitteilen.

»Ihr habt es geschafft, Karl. Ich bekomme einen Bastard!«

Karls Lippen beben, seine Augen flattern vor Freude. Was ein abartiger Hund von Bruder! Ich schüttele den Kopf.

»Jetzt hab ich mir doch eine Belohnung verdient, oder etwa nicht, Bruderherz?«

»Was willst du?«

»Ich möchte mal wieder selbst jemanden töten und fressen. Ihr gebt mir immer diese portionierte Scheiße … ich will es selbst tun. Immerhin bin ich noch eine Kannibalin …«

»Schon gut, was willst du haben? Ein Kind, was Älteres oder was? Sag schon, dann spreche ich mit Ilja. Er wird dir deinen Wunsch bestimmt nicht abschlagen, nachdem du ihn so oft und so schön gefickt hast.«

»Wenn wir mal ganz ehrlich sind, Karl, kann mir hier niemand mehr einen Wunsch abschlagen, oder?«, entgegne ich ihm frech und mit einem Augenzwinkern.

»Entweder du sagst es jetzt oder …«

»Ich will ein Kind, so 2 bis 3 Jahre alt und ich brauche natürlich Werkzeug …«

»Ja, ja, schon gut.« Karl verlässt meine Zelle und kommt mit einem kleinen Jungen wieder.

Kapitel 7

Leos erste und letzte Trophäe

Zu Hause angekommen, gehe ich sofort ins Schlafzimmer, öffne eine versteckte Klappe unten an der Heizung und hole eine braune Schachtel hervor. Die hatte ich mir vor längerer Zeit gekauft. Warum wusste ich eigentlich nicht. Doch jetzt war es mir klar! Ich bin ganz aufgeregt, genauso wie Pedro vorhin, als er Eiter am Finger hatte. Ich öffne die Schachtel … Sie ist gnadenlos leer. Ich lege Brutus' DNS Röhrchen hinein. Da ist sie, meine erste und letzte Trophäe! In mir breitet sich ein wohlig, warmes Gefühl aus. Die Trophäenschachtel verschwindet wieder innerhalb der Heizung und ich gucke auf die Uhr. 15.30 Uhr, ich muss mich beeilen, denn ich bin mit Karla zum Kickboxen verabredet.

Ich gehe zu meinem Auto, und plötzlich fühle ich mich, als hätte ich eine ganze Nacht durchgezecht und durchgesoffen. In meinem Maul hab ich einen komischen Geschmack, den ich überhaupt nicht kenne. Ich versuche mich auf die Luft und das Wetter zu konzentrieren. Meine Trainingstasche werfe ich in den Kofferraum und überlege, woher dieses schäbige Gefühl plötzlich kommt. Vorhin fühlte ich mich noch so geil, ich hatte jemandem verholfen, auf die andere Seite des Universums zu kommen.

Ich verdränge das Gefühl. Ich kenn mich eh nicht so gut mit Gefühlsdingen aus und schüttele angeekelt meinen Kopf.

Zwanzig Minuten später stehe ich bei Karla vor dem Haus. Ich quetsche meine verschissene Karre in eine viel zu kleine Parklücke. Als ich mich irgendwie aus dem Auto gequält habe, erfasst mich ein eisiger Wind. Er beißt mir förmlich in die Schnauze, unangenehm ist das nicht. Die Sonne brennt kalt vom unglaublich blauen Himmel.

Karla wohnt in einem schönen Altbau, in einer 50-Quadratmeter-Wohnung in der dritten Etage. Die Gegend hier ist schön. Eine schöne, stille Ecke.

In mir steigen erneut die Bilder von Brutus' Abgang auf, und jetzt erfasst mich wieder ein glückseliges und bekanntes Gefühl.

Ich schelle bei Karla. Nichts tut sich. Wir waren doch verabredet, heute ist Kickboxtraining. Oder hat sie wieder irgendeine Perle da und fickt sich grad die Seele aus dem Leib? Ich schelle noch mal … Wieder macht sie die Tür nicht auf. Oh Mann, ey, das kann ich ja leiden! Ich suche mein Handy und versuche, sie so zu erreichen.

Eigentlich ist Karla, mit ihren grad mal 24 Jahren, eine sehr zuverlässige Freundin. Doch jetzt geht sie nicht mal ans Handy, nur die scheiß Mailbox geht an.

Ich rufe Nele an. Vielleicht weiß sie was.

»Hi, ich bin es, Leo. Sag mal, weißt du, wo Karla steckt?«

»Nee, keine Ahnung. Ist heute nicht euer Trainingstag?«

»Ja, eben. Ich steh bei ihr vor dem Haus wie so 'ne doofe Nutte, und sie macht nicht auf.«

»Ruf sie mal an!«

»Hab ich schon, geht nur die Mailbox an.«

»Vielleicht hat sie wieder 'ne neue Ische am Start und vögelt grad deftig.«

»Hmmm … Ja, kann sein«, brummele ich in den Hörer.

»Ich melde mich später noch mal, okay?«

Nele hat wahrscheinlich recht. Karla, die heiß begehrte Aufreißerin unter uns, hat des Öfteren ja den ein oder anderen Frauenkörper bei sich im Bett liegen. Aber dass sie so gar nicht reagiert … Egal … Ich gehe alleine zum Training.

Kapitel 8

Karla

Karla erwacht um halb sieben Uhr Morgens. Scheiße verdammte, denkt sie einen Moment lang … Ich hab doch heute frei, warum werde ich so früh von alleine wach?

Sie bringt sich in eine sitzende Haltung, lässt ihre Beine baumeln und berührt dabei ihren neuen Holzdielenboden. Kalt ist es!

Ich brauche einen Kaffee, stark und schwarz, denkt sie und schleppt ihren grad mal 1,60 Meter großen Körper in ihre kleine Küche und setzt einen Kaffee auf. Karla streckt sich und wundert sich, warum ihr alle Knochen wehtun. Schließlich ist sie erst 24 Jahre alt, treibt regelmäßig Sport – meist mit ihrer guten Freundin Leo – und ist auch sonst ganz fit.

Sie und Leo treffen sich zweimal in der Woche zum Kickboxtraining, und heute Abend ist es wieder so weit. In ihrer momentanen Verfassung hält sich die Freude in Grenzen. Woher kommen diese Schmerzen bloß?, fragt sie sich. Vielleicht von ihrem Job. Sie ist Tischlerin, und sie liebt es, aber der Job ist auch körperlich ziemlich anstrengend.

Karla geht gern mit Leo und ihren anderen

Freunden aus. Leo ist so lustig, sie hat ab und zu gewisse Tics und fast jedes zweite Wort bei ihr ist Ficken, Fötzchen oder Analkette. Es gab schon etliche lustige Situationen mit ihr. Die beiden treffen sich immer ein paar Stunden früher, um noch ausgiebig zu quatschen und zu tratschen.

Sie trinkt drei Kaffee, dann muss sie pinkeln. Sie läuft barfuß zum Badezimmer … Es ist kalt … Ihre Nippel werden hart, und als sie sich aufs Klo setzt, stößt sie kurz einen kleinen Schrei aus. Sie muss selbst lachen. Gott verdammt ist das kalt hier, denkt sie.

Karla pinkelt, wischt sich ab, steht auf und tippelt ins Schlafzimmer. Sie begutachtet sich in dem großen Spiegel, der an der Wand lehnt. Mit einem prüfenden Blick schaut sie sich von oben bis unten an.

Jo, sieht ganz gut aus, denkt sie … Wie immer. Ihr gutes Äußeres hat ihr schon viele Liebschaften beschert. Ihre kurzen blonden Haare sitzen auch nach dem Aufstehen schon perfekt. Schamhaare hat sie keine, die werden komplett abrasiert. Sie hat immer Lust auf Sex mit Frauen. Männer interessieren sie neuerdings auch, nur das weiß keiner. Das soll auch so bleiben, genauso soll niemand wissen, dass sie am liebsten ununterbrochen gern harten

Sex hätte. Mittlerweile kann Karla sich die Frage, ob sie sexsüchtig ist, selbst beantworten. Oft denkt sie an nichts anderes als ans Ficken, und dann steht sie auf und geht raus in eine Szenekneipe und sucht sich eine schöne, feuchte Muschi oder einen großen, harten Schwanz. Auch mit schwulen Männern hat sie es schon getrieben. Die nehmen es auch nicht immer ganz so ernst, mit wem sie es treiben. Und schließlich: Schwanz ist Schwanz und Loch ist Loch!

Es schellt. *Wer kann das denn jetzt schon sein?* Schon ist gut, mittlerweile ist es 10.38 Uhr. *Leo? Nee, die kommt erst gegen Mittag.*

Karla drückt die Haustüre unten auf und wartet an ihrer Wohnungstür.

»Hallo? Kann ich Ihnen … AU…«

Ein fester Schlag landet in ihrem Gesicht und Karla bricht auf der Stelle wie ein Kartenhaus zusammen.

Irgendwann erlangt sie ihr Bewusstsein zurück. Ihr tut alles weh. Sie ist an ihrem Bett gefesselt und hat einen schwarzen Knebel in ihrem Mund. Es ist unmöglich zu schreien.

Was will er von mir? Kenne ich ihn? Ich kann ihn nicht erkennen. Er trägt eine Gesichtsmaske mit einem Basecap.

Auf dem Basecap steht in roter Schrift: I LOVE BINGO!

Die Maske stellt einen alten Mann dar. *Mein Gott, ist das krank!*

Durch den gewaltigen Schlag ins Gesicht kann Karla nicht klar denken. Sie hat immer noch das Gefühl, ihr linkes Auge würde in der Augenhöhle umherschwappen.

Der Typ sagt kein einziges Wort. Er setzt sich auf sie. Sie versucht sich irgendwie zu wehren, aber es ist sinnlos. Die Kabelbinder an ihren Hand- und Fußgelenken sind so straff zusammengezogen, dass alles Blut inzwischen entwichen ist. Er setzt seine beiden Daumen etwas unterhalb ihrer Wangenknochen und drückt furchtbar stark zu. Karlas Augen treten aus den Augenhöhlen hervor. Der Schmerz ist grausam.

Der I-love-Bingo-Opa lässt erst nach einigen Minuten von ihr ab und geht kurz hinaus. Er kommt mit einem Messer wieder. Karla packt die nackte Angst, Todesangst.

Schweiß rinnt an ihrem kleinen zerbrechlichen Körper herab.

Sie hat so eine Todesangst, dass sie nicht mehr in der Lage ist, irgendwas zurückzuhalten. Sie bepisst und bekackt sich.

Dann plötzlich die Stimme: »Bist du eine

schwanzlutschende Lesbe?«

Karla riecht ihren Urin und ihre Kacke. Sie schüttelt den Kopf.

»Ich habe dich beobachtet, Karla. Du bist eine verdammte Lügnerin. Du fickst mit Frauen und neuerdings auch mit Männern. Und weißt du, was ich noch weiß?«

Karla schüttelt erneut den Kopf. Die Tränen, die sie nicht mehr zurückhalten kann, nehmen ihr fast ganz die Sicht.

»Mir ist einiges bekannt, du weißt es doch auch, Karlalein. Du musst es nur zugeben! Du hast mit deinem Verhalten andere Menschen zum Tode verurteilt. Und du wirst etliche Menschen auf dem Gewissen haben. Ist es so?«

Sie nickt.

Woher weiß er das alles? Das ist unmöglich! Keiner weiß solche Sachen von ihr. Sie weiß es doch selbst erst seit Kurzem. Und ja, ihr war alles egal, sie hatte drauf geschissen. Keiner wusste, was sie durchmacht.

»Ich frage dich jetzt noch ein einziges Mal, Karla. Bist du eine schwanzlutschende Hure?«

Sie nickt nun. In dem Moment merkt sie, wie er sein Messer an ihren Hals ansetzt und zusticht …

Karla verliert sofort das Bewusstsein.

Der Täter schneidet Karla vom Hals bis zum Schambein komplett auf. Mit einem Stöhnen zieht er das Messer durch ihren Körper. Es sieht widerlich aus, unappetitlich und dreckig. Einige Organe quellen hervor. Sie ist tot!

»Verdammte Pussy-Schwuchtel. Sie hat es verdient, getötet zu werden. Sie hat anderen Menschen was vorgemacht. Die Nutte war nicht ehrlich. Zu sich nicht und zu den anderen Menschen in ihrem Leben erst recht nicht«, flüstert der I-love-Bingo-Opa.

Kapitel 9

Leo lernt Kilian und Marie kennen

Mittlerweile ist es Freitagabend und mir steht ein freies Wochenende bevor. Ich hatte die letzten Tage wieder nur verfickte Spätdienste. Es gab nur Platzbäuche, die die Chirurgen aber wieder hinbekommen haben, und alte Omas und Opas mit dicken Leibern, die schon seit Wochen anscheinend nicht mehr richtig geschissen hatten. Die bekamen einen Einlauf nach dem anderen und waren meist spätestens am dritten Tag im Durchgangssyndrom und hielten uns Pflegepersonal mit ihrer dusseligen Verwirrtheit ziemlich gut auf Trab.

Ich hatte keinen Patienten darunter, der ERLÖST werden wollte. Oder war das nur eine einmalige Sache von mir und meinem düsteren Dämon gewesen? Diese Ungewissheit drückte meine Stimmung erheblich. Zudem hatte ich immer noch nichts von Karla gehört.

Ich sitze in der Kanzel und warte auf den diensthabenden internistischen Doc, der sich noch mal informieren will, wer wie viel und ob überhaupt einer von den alten Säcken geschissen hat oder ob wir noch jemanden von denen an den Chirurgen abtreten können.

Ich glotze aus dem Fenster und überlege, was ich mit meinem freien Wochenende anfangen will. Das Vibrieren meines Handys in meiner Kitteltasche reißt mich aus meinen Gedanken. Ich gucke aufs Display, in der Hoffnung, dass sich Karla endlich meldet. Aber es ist Henry.

Bevor ich ein Telefonat annehmen kann, muss ich erstmal ordentlich und laut ticen. Ich grunze und kratze mich ein paar mal am Arm, dann gehe ich ans Handy.

»Was willst du?«

»Ich bin es, Henry.«

»Ich hab's gesehen, du Idiot.«

»Du bist aber wieder sehr nett heute zu mir, du Schnalle. Sollen wir alle gleich ins *Rosa* gehen. Bisschen feiern, saufen und ficken?«

»Können wir gerne machen. Sag allen Bescheid, dann treffen wir uns um 23 Uhr bei mir. Okay, Arschgesicht?«

»Alles klar. Bis später, du misslungenes Stück. Hehehe.«

Ich muss lachen. Wie wir miteinander reden! Manchmal denke ich, dass meine vokalen Tics ansteckend sind.

Mein Handy geht erneut. Es ist noch mal Henry.

»Sag mal, hast du was dagegen, wenn

Monis neuer Freund, der Kilian, auch mitkommt?«

»Nö … kann er ruhig. Hauptsache, er holt seinen Schwanz nicht raus … hahaha.«

»Ach, ich hätte nichts dagegen«, höre ich Henry am anderen Ende säuseln.

»Ja, ist klar, du Penner«, sage ich noch, muss erneut kichern und lege dann auf. Gut, denke ich, es ist Zeit, nach Hause zu fahren.

Auf dem Weg zu meinem Auto, fordere ich meinen düsteren Dämon das allererste Mal auf, mir etwas zu sagen. Seitdem Brutus seine Körperhülle durch MEINE Hilfe verlassen konnte, hat er sich nicht mehr bei mir gemeldet.

Es ist 22 Uhr, ich bin endlich zu Hause und habe noch eine Stunde Zeit, bis meine Freunde kommen. Ich gehe ins Bad, um meinen Korpus zu duschen und schaue mir jedes einzelne Tattoo an. Eigentlich bin ich zufrieden mit mir und meinem Aussehen, aber ich könnte auch mal wieder 'ne Perle gebrauchen. Vielleicht lerne ich ja heute mal eine kennen, überlege ich mir, und bin dabei eigentlich ganz optimistisch.

Punkt 23 Uhr klingelt es. Die gesamte verdorbene Bande steht vor der Tür … bis auf Karla. Dafür aber der neue Freund von Moni und noch irgendeine fremde Frau, die ich überhaupt nicht kenne.

Küsschen hier, Küsschen da.

»Nutte, das ist Kilian. Ihr habt euch ja schon mal kennengelernt.«

»Ja, haben wir.« GRUNZ. »Hi Kilian! Alles klar? Was willst du trinken?«

»Ich nehme ’nen Wodka Lemon.«

»Gute Entscheidung, ich nehme auch einen«, sage ich.

Ich laufe in die Küche. Eigentlich ist mir das ein bisschen zu viel; das sind einfach zu viele Leute auf einmal bei mir in der Bude. Meine Zwangsgedanken nehmen dadurch unweigerlich viel Platz in meinem Schädel ein. Ich versuche, sie nicht zu beachten, und mir schnürt sich die Kehle zu, als hätte ich einen riesigen Klops im Hals. Vielleicht habe ich auch schon ’nen Kehlkopf-CA? So viel wie ich rauche! Oder vielleicht hab ich noch irgendwo an einer anderen Stelle in meinem Körper eine Krebserkrankung?

»Leo!«

Nele reißt mich aus meinen Zwangsgedanken.

»Was ist?«

»Hast du auch Bacardi da?«

»Ich habe alles da, du doofe Nutte. Guck

mal da drüben im Schrank nach.«

»Hast du was von Karla gehört? Sie ist wie vom Erboden verschluckt, und das jetzt bestimmt schon seit einer Woche. Keiner konnte sie erreichen. Langsam mache ich mir Sorgen.«

»Ich mir auch, Nele. Normal ist das nicht.«

»Wie findest du eigentlich die Arbeitskollegin von Kilian? Sie ist heiß, ne? Ist auch lesbisch.«

»Wie heißt sie überhaupt?«

»Marie.«

»Lass uns wieder rüber gehen.«

Gegen 1 Uhr Nachts fahren wir dann alle zusammen in eine Schwulen- und Lesbenkneipe – 'ne Szenekneipe quasi. Wir gehen hinein und mir strahlen etliche verfickte Discolichter in die Fresse. Ich kann kaum was erkennen. Mittlerweile sind wir alle gut dabei, bis auf Kilian. Er hat Bereitschaftsdienst und arbeitet bei der Mordkommission. Ich find's aber trotzdem gut, dass er mit uns feiern geht und umarme ihn in meinem Suff zig Mal. Er lacht nur. Er scheint richtig nett zu sein.

Henry ist total blau und erzählt mir, dass er gestern eine 14-jährige in schwarzer Spitzenunterwäsche untersuchen musste. Und dass es ihn angemacht hat. Jetzt ist er voller Scham, weil ihm so viel Unprofessionalität von sich selbst nicht bekannt war.

»Leo, ich schäme mich so.«

»Du schämst dich? Was, zum Teufel, hast du mit ihr gemacht? Und außerdem stehst du doch auf Männer!«

»Ich hab nichts gemacht. Ich schäme mich aber wegen meiner Gedanken, die ich währenddessen hatte.«

Henry erzählt mir lallend, dass er so aufgeregt und verwirrt war, dass er sich weigerte, das Mädchen weiter zu untersuchen, bevor er nicht mit seinem Therapeuten darüber gesprochen hatte.

»Du machst Therapie? Das hast, du Arschloch, mir ja gar nicht erzählt.«

»Ja, schon seit einem dreiviertel Jahr. Ihr wisst so vieles nicht von mir.«

Er verschluckt sich an seinem Bier und hustet los. Mir schwappt eine Fahne von Bier, Schnaps und Kotze entgegen.

»Henry, lass uns da noch mal in Ruhe drüber quatschen, wenn du möchtest, aber jetzt bist du total voll und riechst aus'm Maul wie der olle Kadaver einer Ratte, du Fickgesicht.« Ich lächele ihn an und nehme ihn in den Arm. Obwohl ich so viel Nähe gar nicht gut aushalten kann. Aber immerhin ist er ein guter

Freund von mir und dann gehört sich das so. Das glaube ich zumindest.

Um 5 Uhr Morgens gehe ich zusammen mit Marie zu mir nach Hause. Sie gefällt mir und ich ihr anscheinend auch. Wir sind beide betrunken, torkeln und kichern.

Bei mir angekommen nimmt sie mein Gesicht in ihre Hände. Ich grunze und werfe den Kopf in den Nacken. Kratzen muss ich mich auch.

»Ich habe einige Tics.«

»Ich weiß, Leo, mach dir keine Gedanken.«

Marie drückt ihre Lippen auf die meinen. Sie sind weich. Meine Zunge schlüpft in ihren Mund und unsere Reaktion ist ganz spontan. Maries Körper wirft sich mir komplett entgegen und ich kann ihre Erregung regelrecht spüren. Wir fallen auf meine Couch und ich lehne mich zurück. Meine scheiß Augen sind halb verschleiert vor lauter Gier nach ihr. Ihre Augen sind sexy wie die Hölle. Sie schmiegt ihren Körper an meinen und ich rieche ihren weiblichen Geruch. Unser Verlangen wird immer größer. Marie flüstert mir zu, dass sie meine Haut auf ihrer spüren will.

Ich stehe auf und ziehe mich aus, während sie mich beobachtet. Dann wirft Marie all ihre Klamotten ab und wir stehen uns nackt gegenüber. Sie stöhnt und hat unheimlich sanfte Hände, die mich überall berühren. Unsere Nippel werden hart; sie verwandeln sich in lustvolle und pulsierende Zentren. Und als ich einen ihrer Nippel in den Mund nehme und zart daran sauge, windet Marie ihren Körper und schreit kurz auf. Ich packe sie und wir werfen uns erneut auf die Couch. Ich nehme ihren Kopf, halte ihn fest und küsse sie weiter, während Marie mir irgendwelche unverständlichen Worte ins Hirn haucht.

Hier sind wir jetzt, denke ich. Zwei nackte attraktive Frauen. Es dauert stundenlang. Mit Marie und mir ist es eine Mischung aus Ekstase und Leidenschaft. Für mich verwandeln sich diese Gefühle jedoch in eine Mischung aus unerträglichen Emotionen und Gefühlen.

Marie fordert immer mehr von mir, wir sind unersättlich und ich komme ihrem Verlangen nach. Bis die Erde sich zusammenzieht und droht, mit einem lauten Knall zu explodieren. Ein funkendes Feuerwerk steigt in uns auf und zieht sich zu einem hellen Punkt zusammen, während Marie in den höchsten Tönen ihre Geilheit heraus schreit.

Keiner sagt etwas, wir gucken uns lächelnd an, ich tice einmal und wir schlafen engumschlungen ein.

Kapitel 10

Lotte muss mitspielen

Nun steht hier ein zwei- oder dreijähriger Junge vor mir, der mich mit angsterfüllten und starren Augen ansieht. »Ich brauche mein Werkzeug, du Arsch«, schreie ich Karl noch hinterher. Der Knabe sitzt mittlerweile in einer der vier dunklen Ecken meiner Zelle und weint.

»… zurück zu Mama«, höre ich ihn weinerlich sagen. Ich versuche, ihn zu beruhigen, und er lässt es auch zu. Ich weiß nicht, was auf mich zukommt! Muss ich den Jungen wirklich töten und fressen? Die Einzelheiten will ich mir nicht vorstellen, wenn ich es wirklich tun muss. *Ich will das nicht mehr machen!*

Die Zeit vergeht und nichts tut sich. Der Junge schläft mittlerweile und ich sitze auf dem unteren Teil meines Bettes. Ich warte stundenlang, dann öffnet sich endlich die stählerne Tür. Es kommt ein Jüngling herein, der allerhöchstens 20 Jahre alt ist. Er trägt eine Tasche mit sich. »Hier ist dein Werkzeug«, erklärt er.

Ich bringe keinen Ton heraus, aus Angst wieder vergewaltigt zu werden.

»Ich heiße Lucas«, flüstert er mir zu, nachdem er die verschlossene Tür noch mal kontrolliert hat.

»Lotte, pass auf, ich will dir helfen … Aber du musst mir gut zuhören und mitspielen. Willst du das?«

Ich kann nichts sagen. Meine Gebete wurden doch noch erhört, denke ich, und bringe nur ein klägliches »Ja« heraus.

»Hier ist deine Tasche mit dem Werkzeug; du wirst außer des Werkzeugs noch einen Zettel darin finden. Auf dem Zettel ist ein Weg aufgezeichnet, wie du hier raus kommst. Ich werde gleich wieder hinausgehen und deine Zelle nicht abschließen. Heute wird keiner mehr von den Rasoris' zu dir kommen …«

»Wer bist du denn? Du gehörst doch auch dazu.«

»Nein, Lotte, ich gehöre nicht zu denen. Hör mir einfach weiter zu … wir werden dir später alles erklären. Ich habe nicht viel Zeit. Auf dem Zettel steht auch eine Adresse; da gehst du hin und bekommst erstmal vernünftige Kleidung. Geld ist auch drin. Alles andere wird man dir dann dort vor Ort erklären. Hast du alles verstanden?« Lucas schaut mich fragend an.

»Ja, habe ich. Aber was mache ich mit dem Jungen?«, frage ich ihn.

»Tue das, was du für richtig hältst, Lotte. Nimm ihn mit, oder lass ihn hier!«

Ich gucke zu dem schlafenden Knirps. Lucas fasst mir plötzlich ans Kinn, ich schrecke sofort zurück.

»Keine Angst, Lotte! Ich muss dir aber noch eine Frage stellen … Bist du dir ganz sicher, dass du dem Rasoris-Klan für immer abdanken willst?«

»JA«, schießt es aus mir heraus.

Lucas legt schlagartig seinen Zeigefinger auf seinen Mund, um mir zu bedeuten, dass ich nicht so laut sprechen soll. Er steht auf, lässt die Tasche auf dem Boden liegen und verschwindet ins Dunkle … ohne die Tür zu verschließen.

Ich glaube einfach nicht, was da gerade passiert ist. So etwas lässt sich doch nicht einfach herbeizaubern! Aber ich halte alles in den Händen; Werkzeug, den Zettel mit einem Fluchtplan und einer Adresse … und einem Kind in meinem Bauch und einem weiteren in meinem Bett.

Ich bin bereit, öffne leise die Zellentür und husche in den dunklen Flur. Auf halber Strecke halte ich inne, gehe zurück zur Zelle und wecke den Jungen, der immer noch auf der Pritsche schläft. Ich habe entschieden, ihn mitzunehmen und nehme ihn auf den Arm. Er ist noch vollkommen schlaftrunken. »Schlaf weiter«, flüstere ich ihm zu und streichele dabei zärtlich über seinen kleinen Rücken.

Plötzlich spüre ich eine Hand auf meiner Schulter. Dann passiert alles im Bruchteil einer Sekunde. Ich lasse den Jungen aufs Bett fallen, wirbele herum und sehe in die grünen Augen meines Bruders Karl. Ich springe ihn an, packe ihn am Hals und drücke mit meinen letzten Kräften zu. Ich presse ihm die Adern ab, sein Gesicht läuft hochrot an. Er bekommt tatsächlich keine Luft mehr und röchelt nur noch. Ich greife in die Werkzeugtasche, ziehe irgendwas heraus … ein nicht gerade kleines Messer … und halte es ihm an seine Kehle. Karl kann sich aus meinen Fängen befreien, nicht ganz, aber es reicht, dass er wieder etwas Luft kriegt. Er fängt an zu husten. Als er sich beruhigt hat, gucken wir einander an wie Fremde, als sei unsere frühere gemeinsame Geschichte, unsere gemeinsame Kindheit in diesem kurzen Moment ausgelöscht worden.

»Ich werde gehen«, hauche ich ihm entgegen. »Und du wirst mich nicht daran hindern.« Blitzschnell drehe ich mich rum und ramme ihm das Messer zwischen seine Beine. Ohne mich noch einmal umzuwenden, schnappe ich mir den Jungen, dränge mich an meinem wimmernden Bruder vorbei und laufe hinaus. Karl bleibt bewegungsunfähig zurück.

Ich renne und renne, biege um eine Ecke und sehe eine große Metalltür. Ich öffne sie und sehe eine steile Treppe, die wahrscheinlich hinunter in den Keller führt. Immer noch umklammert mich der kleine Junge wie ein Äffchen. Leise steige ich die Stufen hinunter und betrete einen schwach beleuchteten Raum. Sofort steigt mir ein merkwürdiger Geruch in die Nase. Ich laufe weiter in den dahinter liegenden Raum, öffne eine weitere Tür und sehe eine junge Frauenleiche an einem Ledergürtel von der Decke baumeln. Der Gürtel ist an irgendwelchen Rohren befestigt. Ihre weitaufgerissenen, mit Todesangst gefüllten Augen quellen aus den Höhlen hervor. Ihre Zunge ist auf das Maximum angeschwollen und hängt aus ihrem Mund. Fäkalien liegen unter ihr und laufen an ihrem Körper herunter. Kot tröpfelt auf den Betonboden. Ihre Gedärme haben sich wohl entleert, was auch diesen abscheulichen Gestank erklärt.

Ich finde keine Zeit, mich mit diesem grausigen Anblick auseinanderzusetzen, denn eine Etage über mir erklingt ein Geräusch: eine sich langsam öffnende knarrende Tür. Wo ist mein Zettel mit dem Fluchtweg? Wir müssen hier raus! Ich gehe wieder zurück in den ersten Raum und setze den Jungen auf den Boden. Panisch suche ich diesen verdammten Zettel. Ich finde ihn in der Tasche, die mir Lucas mitgegeben hat.

Plötzlich höre ich Schritte über mir. Ich schleiche mit dem Jungen zurück zur Kellertreppe. Dann absolute Stille. Weiß Karl etwa, dass wir uns im Keller verstecken?

»Lotte?«, peitscht mir eine Stimme entgegen.

Dann ein Schatten. Er bewegt sich; dann höre ich ihn schnüffeln und ein Räuspern und sehe, wie er nach der Schnur greift, um die nackte Glühbirne an der Decke einzuschalten. Angst überflutet meinen Körper. Der Junge hängt starr auf meinem Arm. Hoffentlich habe ich mir meine Flucht nicht selbst versaut! Wenn Karl mich hier findet, wird er mich töten und fressen. Er wird mich als ein Festmahl mit SEINER Familie zelebrieren. Das Licht flammt auf und ich sehe das Gesicht von … von Lucas.

»Mein Gott, Lucas!«, flüstere ich.

»Komm hoch, Lotte … ich werde dich nach

draußen begleiten. Beeil dich!«

Dann geht es alles sehr rasant. Irgendwie haben wir es nach oben in einen kleinen Garten geschafft, wo wir endlich frische Luft schnappen können.

»Wir dürfen keine Zeit verlieren. Kommt! Weiter!«

Lucas führt uns zu einem bereits ausgehobenen Tunnel, der uns auf die andere Seite der Gartenmauer bringen soll.

»Los, los, Lotte … Kriecht dadurch! Ich komme mit euch! Für mich wird es hier auch zu gefährlich.«

Nacheinander kriechen wir durch den kurzen Tunnel. Auf der anderen Seite angekommen, rennen wir – so schnell, wie ich noch nie in meinem Leben gerannt bin. Lucas trägt mittlerweile den Jungen. Plötzlich taucht ein schwarzer Van vor uns auf, die Türen gehen auf und Lucas springt gekonnt mit dem Jungen hinein.

»Spring, Lotte … Spring endlich!«, schreit Lucas mir zu.

Ich zögere kurz, aber dann bin auch ich im Van und hoffentlich in Sicherheit. Wir lassen uns erschöpft auf die Sitze gleiten und versuchen, einen klaren Kopf zu bekommen. Der Fahrer sagt kein Wort. Lucas und ich japsen ausgelassen nach Sauerstoff.

»Ich hab nicht damit gerechnet, dass dein Bruder noch mal zu dir kommt, Lotte. Deshalb musste ich doch alles anders machen. Karl hat, nachdem du ihn niedergestochen hast, einige eurer Brüder zusammengerufen und sich auf die Suche nach dir gemacht. Es ging alles sehr hektisch zu!«

»Das sind nicht mehr meine Brüder, Lucas!«

Lucas dreht sich zu mir um, er hat sein Gesicht in den Händen vergraben.

»Es tut mir leid«, sage ich zu Lucas. »Ich weiß, ich bin für solche Situationen ja ausgebildet …«

»Das bist du, Lotte, aber du bist von der falschen Seite ausgebildet worden. Es gibt noch einen weiteren Klan auf dieser Welt. Und zu diesem gehöre ich. Wir töten auch Menschen …«

»WAS?«, schreie ich und packe instinktiv an den Öffner der Wagentür.

»Reiß dich zusammen, Lotte«, sagt Lucas bestimmend.

»Wir töten, im Gegensatz zu euch, nur Menschen, die selbst was Schlimmes getan haben. Die es verdient haben. Verstehst du das?«

Mein Körper entspannt sich wieder etwas.

»Ich bringe dich zu unserem Oberhaupt. Es wird eine lange Reise … Also versuche jetzt etwas zu schlafen. Der Knirps schläft auch schon. Unser Flieger geht in zwei Stunden. Wir fliegen nach Argentinien … und dort wirst du Marco Ruppert kennenlernen. Wir sind nämlich der Ruppert-Klan, der nur nach dem einem Codex tötet.«

Ich lehne mich zurück, will Lucas' Rede nachwirken lassen und verstehen und betrachte dabei im Innenspiegel die Augen des Fahrers.

Der Van fährt irgendwann eine Rampe hinunter zum Flughafen.

»Wir sind da«, höre ich Lucas sagen.

»Ich bin noch nie geflogen«, sage ich nervös.

Keine halbe Stunde später sitzen wir in einem riesigen Jumbo … Lucas, der Fahrer, der Knirps und ich – Lotte, ohne Nachnamen und mit einem Ungeborenen im Leib, ohne zu wissen, wer der Vater ist! Das Flugzeug hebt ab, ich sehe, wie Berlin an uns vorbei zieht und die Wolken immer näher kommen. Ob wirklich jetzt alles ein Ende hat? Wer wird mich aufnehmen, wenn er hört, dass ich eine Kannibalin bin und ein Inzestbaby in mir trage?

In meinem Körper brennt urplötzlich ein

starker stechender und fast unerträglicher Schmerz. Dann höre ich Lucas flüstern: »Beachte ihn nicht, Lotte. Schmerzen sind nur ein Warnsignal deiner Nervenfasern. Konzentriere dich auf den Rest deines Körpers, wenn du endlich entkommen willst. Die Schmerzen lenken dich nur ab. Du musst sie ignorieren, dann kannst du zu uns gehören.«

Plötzlich habe ich die Erklärung. Es ist ganz einfach! Es liegt an mir selbst.

Ich bin gespannt auf diesen Marco Ruppert, schließe dann aber vor Müdigkeit doch endlich meine Augen.

Kapitel 11

Marco Ruppert

Ich bin wach. Wir sind gelandet, der kleine Knirps patscht mit seinen Händchen gegen das Flugzeugfenster und schaut fasziniert zu, wie der riesige Jumbo noch auf der Landebahn hin und her fährt. Nach dem Flug mussten wir noch mal fast drei Stunden mit einem anderen Van fahren. In mir verursacht ein Gefühlschaos mächtige Wellen … Ich bin erleichtert, aus den grausamen Fängen meines Bruders entkommen zu sein, aber auch sehr misstrauisch und skeptisch, auf was für einen Klan, auf was für Menschen ich jetzt treffen werde.

»Wir sind gleich da«, reißt mich Lucas aus meinen Gedanken. »Alles in Ordnung, Lotte?«, fragt er mich. »Du siehst ziemlich k. o. aus.«

»Ich bin nur sehr müde und erschöpft.«

Als unser Fahrer den Wagen dann aber endlich vor einem riesigen Tor zum Stehen bringt, werde ich hellwach. Der Knirps ist auch wach und turnt im Wagen herum. Das prunkvolle Tor öffnet sich und wir fahren auf eine stattliche Ranch zu. Je näher wir kommen, umso mehr kann ich das Haus bestaunen. Es ist wunderschön! Der Fahrer parkt auf einem Parkplatz neben diesem wundervollen Haus. Er stellt den Wagen ab und läuft mit Lucas hinein. Ich bleibe erstmal mit dem Jungen draußen stehen und warte neugierig ab, was passieren wird.

Bewahre dir schon mal vorsorglich deine Erinnerungen. Der Gedanke kam ohne Vorwarnung. Wer weiß schon, was mich hier erwartet? Plötzlich taucht Lucas wieder auf und grinst mich an.

»Komm nur rein, Lotte«, schreit er mir zu. Lucas nimmt mir den Jungen ab. »Ich werde ihn oben in einem Zimmer hinlegen. Er scheint auch sehr k. o. zu sein. Du kannst da vorne, beim dritten Zimmer auf der linken Seite anklopfen. Marco erwartet dich!«

Ich bin nervös. Wer ist dieser Marco? Ich laufe den Flur entlang und klopfe an die Tür.

»Herein«, ruft Marco von drinnen. Meine Hände gehen einmal zitternd durch meine blonden Locken, dann öffne ich die Tür und gehe ins Zimmer. Marco sitzt hinter einem Schreibtisch. In der Luft hängt der Geruch von kaltem Zigarettenrauch, alles um uns herum ist still. Ich schaue auf einen Kopf mit pechschwarzen Haaren. Ohne von dem Blatt aufzusehen, auf das er gerade etwas schreibt, deutet

Marco auf einen freien Stuhl, der vor dem Schreibtisch steht.

»Nimm Platz, Lotte. Ich bin gleich fertig.«

Ich setze mich und starre auf diese wundervollen schwarzen Haare. Marco legt den Stift beiseite und es gucken mich ebenso schwarze Augen an. Liebe Augen! Er lehnt sich zurück, guckt mich an und sagt zunächst kein Wort.

»Wie … wie geht es dir, Lotte?«

»Das ist eine interessante Frage«, entgegne ich. »Ich weiß es selbst nicht so genau. Es gibt zwei Versionen. Die eine ist meine blutige Vergangenheit als Kannibalin, die mich belastet. Aber da ist auch die andere, in der ich froh bin, hier sitzen zu dürfen.«

»Mir ist bewusst, was man dir angetan hat. Lucas hat es mir erzählt. Ich kenne die Wahrheit über dich und deine ehemalige Kannibalenfamilie. Der Rasoris-Klan jedoch weiß so gut wie nichts über uns, und das soll auch erst mal so bleiben. Wir haben Lucas als eine Art Maulwurf bei euch eingeschleust, um euch zu studieren und um euch irgendwann auszulöschen. Denn das was ihr macht, geht nicht!«

»Wer seid IHR denn?«, frage ich Marco unbeeindruckt.

»Das werde ich dir jetzt alles erklären.«

Es folgt ein langes Gespräch zwischen Marco und mir.

Marco

Als ich von meinem Schreibtisch endlich nach oben sehe, sehe ich eine kleine schlanke Frau mit wilden blonden Haaren und bezaubernden grünen Augen. Ihr Gesicht ist schön und ich kann meinen Blick kaum abwenden. Zudem hat Lotte einen sanften Tonfall. Ich möchte ihr am liebsten mein Mitgefühl kredenzen und sie in meine Arme nehmen … und … und … nicht mehr loslassen. Lucas hat mir nichts von ihrer unglaublichen Schönheit gesagt. Ich setze mich neben sie und lege meine Hand auf ihr Haar. Lotte zuckt zusammen, die Erinnerungen kehren in diesem Moment lebendig und schauerlich in ihre verletzte Seele zurück. *Ich möchte ihr helfen!* Sie fängt an, von den grausamen Taten ihrer Familie zu erzählen, und ich stelle fest, dass sie immer weiter spricht, solange ich nicht aufhöre, über ihre Locken zu streichen. Ich MUSS sanft über ihre Schulter streichen. Dann nehme ich ihre Hand und MUSS ihre Handinnenfläche küssen. Tränen laufen ihr mittlerweile übers Gesicht … Tränen von Lotte.

»Weine nicht, Lotte.«

»Warum nicht?«

»Weil es nichts mehr ändern wird. Das was passiert ist, ist leider Gottes passiert. Der Rasoris-Klan wird dafür büßen, was sie dir angetan haben. Dafür musst du aber eine von uns werden. Eine Ruppert!«

»Ihr tötet aber auch.«

»Ja, das machen wir, aber aus anderen Gründen. Und auch wir lassen unsere Kinder zu Serienmördern ausbilden. Ich werde dir alles genau erklären, und dann musst du eine wichtige Entscheidung treffen. Die vielleicht wichtigste in deinem Leben.«

Lotte

Ich muss immer mehr weinen, es ist nicht aufzuhalten. Marco dreht sich mir zu und nimmt meine Hände in die seinigen. Er ist so groß und stark. Er ist ein Mann, der andere beschützen kann. Wie lange unser Gespräch dauert, weiß ich nicht. Aber ich fühle mich sehr wohl bei Marco. Er erklärt mir alles und ich bin verzaubert von den Rupperts, ihrer Dynastie und ihrer Ideologie, aber … vor allem von Marco.

Irgendwann schickt Marco mich nach oben in ein Zimmer; ich solle was essen und mich ausschlafen.

In meinem Zimmer kann ich das erste Mal wieder lächeln. Ich lache in die Dunkelheit hinein und fange an zu träumen.

Seine Augen, seine Haare, sein starker Körper brechen mir fast mein Herz. Trotz seiner imposanten Ausstrahlung, ist er so voller Zärtlichkeit. Mir stockt der Atem. Ist das ein zarter Hoffnungsschimmer, der in meiner Brust flackert? Ich schließe meine Augen und schüttele den Kopf. Völliger Wahnsinn! Und vielleicht auch gefährlich! Es muss Schicksal sein, dass ich diesen Mann jetzt kennengelernt habe, denke ich … dann senkt sich alles in ein tiefes, ruhiges Schwarz.

Es ist bereits hell, als ich aufwache. Zum ersten Mal verspüre ich ein Gefühl des Glücks. Ich wasche mich, ziehe mich an und gehe hasenfüßig runter in die Küche.

»Morgen Lotte! Hast du gut geschlafen?«, begrüßt mich Lucas.

»Ja, danke. Es war fantastisch! Sag mal, wie stehst du eigentlich zu Marco? Also seid ihr auch verwandt?«

Lucas grinst. »Setz dich erst mal. Und ja, Marco ist ein Onkel von mir. Ich bin der Sohn seines Bruders Santiago Ruppert. Mein Vater ist momentan auch in Deutschland unterwegs

… und ich bin gerade frisch von unserer Schule gekommen.«

»Was für eine Schule?«

»Die einzige Schule auf dieser Welt, wo wir Kinder als Serienmörder ausgebildet werden …«

»Ach so … ja, Marco hatte es gestern schon erzählt.«

»Ich habe mich entschieden, erst mal bei meinem Onkel zu bleiben. Er kann mir noch vieles beibringen.«

Lucas drückt mir eine Tasse Kaffee in die Hand. »Mein Onkel will keine Zeit mit dir verlieren. Wenn du dich wirklich für uns entschieden hast, dann wird er dir heute zeigen, was wir genau machen.«

Eine dunkle Stimme unterbricht unser Gespräch. Ich drehe mich um und sehe Marco.

»Guten Morgen , Lotte. Hast du dich entschieden?«

»Ja, habe ich. Ich möchte eine Ruppert sein, und ich möchte, dass mein Bruder Karl von uns getötet wird.«

»Langsam, langsam, Lotte«, lacht Marco mir entgegen. »Komm erstmal mit. Ich werde dir unsere Weltanschauung zeigen.«

Marco nimmt mich mit in sein ›Arbeitszimmer‹, so nennt er es. Es liegt im Keller und ist ebenfalls sagenhaft groß. Wir gehen in einen Raum und hier liegt ein nackter Mann gefesselt auf einer Pritsche. Dieses Bild kommt aus dem Herzen der Hölle.

»Darf ich vorstellen: Das ist der Schlächter von Buenos Aires, ein schon lange gesuchter Kinder- und Frauenmörder. Er hat etlichen Kindern und ihren Müttern unvorstellbares Leid zugefügt. Er konnte die Polizei gut und lange an der Nase herumführen, aber mich nicht. Jetzt ist er hier und wird für seine Taten büßen müssen. Ich werde ihm jetzt noch mal aufzeigen, was er getan hat. Und du, Lotte, guck es dir an!«

Ich kann nur nicken. Marco schiebt einen Fernseher und einen alten Videorekorder in den Raum und baut alles genau vor dem Schlächter auf.

Marco drückt auf Start …

Ich sehe die Visage des Schlächters, seine Hände sind überzogen mit Latexhandschuhen. Seine kräftigen Hände halten ein … ein Baby! Der Schlächter legt das schreiende Baby in eine Metallkiste. Das Baby ist nackt und friert sichtlich. Es streckt seine Hände nach der Mutter aus, die auf einem Stuhl gefesselt, geknebelt und weinend sitzt.

Ich muss zu Boden gucken.

»Schau es dir an, Lotte«, sagt Marco energisch.

Der Schlächter zieht eine Rasierklinge aus seiner Hosentasche und schneidet die Fesseln der Mutter an Armen und Füßen los. Er setzt die Klinge an ihrem Hals an und streicht damit über ihre Brust. Die Mutter wimmert und zittert und sitzt wie erstarrt vor Todesangst auf dem Stuhl. Ihre Tränen … sie weint und schluchzt. Ihr Henker kennt keine Gnade. Die Mutter schreit in die nicht sichtbare Kamera von Marco, sie schreit uns alle an, und wir sehen wie der Schlächter sein Knie in ihren Unterleib rammt, und ihr anschließend die Kehle mit der kleinen Rasierklinge gekonnt aufschlitzt. Blut fließt in Strömen.

Mein Blick wandert wieder zu Boden.

»LOTTE«, schreit Marco mich an.

Meine Gedanken kreisen. So was hab ich auch schon gemacht und die Menschen sogar anschließend gefressen. Mir ist kotzübel. Ich konzentriere mich wieder auf die Aufnahme.

Die Mutter fällt vom Stuhl und verblutet. Der Schlächter tritt noch mal brutal gegen ihren Kopf. Zuckungen durchströmen den Frauenkörper. Der Bastard hält die Rasierklinge hoch in die Luft. Wie es aussieht, ist er wild entschlossen, seinem Opferlamm die Haut abzuziehen …

Plötzlich wackelt die Kamera, als könne sie es nicht ertragen, was sie aufzeichnen soll.

Der Schlächter zieht der Frau quasi das Fell über die Ohren, danach hebt er das immer noch schreiende Baby aus der Metallkiste. Er hält es mit seinen blutigen Latexhänden hoch, legt es dann auf die gehäutete Mutter … Doch bevor er sich zu ihm beugen kann, ruckelt das Bild. Die Kamera scheint umgefallen zu sein.

»Danach war ER mein Opfer«, höre ich Marco sagen. Marco kommt auf mich zu und bückt sich zu mir herunter.

»Lotte, jetzt ist er deine Beute, dein Todesopfer. Töte ihn, weil er solch grausame Taten vollbracht hat.«

Mein Hirn brennt. *Denke nicht an deine ehemalige Familie. Denk nicht daran, was dein Bruder und alle anderen dir angetan haben. Ich lebe! Das ist, was zählt! Egal was sie mit mir angestellt haben, ich werde wieder genesen ... mit Marcos Hilfe ... meiner neuen Familie. Du musst nichts weiter tun, als diesen Schlächter erledigen und dich in die Hände deiner neuen Familie fallen lassen.*

Ohne ein Wort zu sagen, gehe ich zu dem Tisch, auf dem einiges an Werkzeugen liegt. Ich nehme spontan ein Messer, stelle mich breitbeinig neben den Schlächter. Seine panischen Augen wandern von rechts nach links. Ich hole weit aus, hebe das Messer weit über meinen Kopf und steche zu. Steche ihm direkt ins Herz. Er ist sofort tot.

Ich ziehe das Messer wieder heraus und schaue mir das Blut an, dann lasse ich es zu Boden fallen. In meinem Körper breitet sich ein Gefühl aus, das ich so nicht kenne. Ich drehe mich zu Marco. Er hält das Baby aus dem Film vor seiner Brust.

»Ich wusste, dass du das kannst, willst und auch verstehst. Bist du bereit für dein neues Leben?«

Ich nicke und Tränen kullern mir vor Freude über meine glühend heißen Wangen.

»Ja, dann sag ich mal: Herzlich Willkommen, Lotte Ruppert.«

Wir laufen die Treppen hoch und setzen uns zu Lucas an den Tisch. Marco trägt immer noch das Baby.

»Lucas, kannst du bitte unten ausnahmsweise sauber machen?«

»Klar«, antwortet Lucas und steht sofort auf.

Marco lächelt mich an und ich … ich fühle mich BESONDERS.

»Eins muss ich dir ja lassen, Lotte. In Anatomie hast du anscheinend gut aufgepasst. Der

Stich war sehr präzise.«

Wir müssen beide lachen und ich merke, dass meine Gefühle für Marco Ruppert immer intensiver werden.

Kapitel 12

Tatort 1

Als ich einige Stunden später aufwache, fühle ich mich gut … richtig gut, aber auch verkatert. Als hätte ich mal wieder einen über den Durst getrunken. Ich schaue zur Seite und sehe, dass Marie nicht mehr bei mir ist. Dann höre ich ein Geklapper aus der Küche … Ah, Gott sei Dank, diese wunderbare Frau ist nicht einfach nach Hause gegangen.

Ich strecke mich und hüpfe aus dem Bett, direkt unter die Dusche. Obwohl es mir fast ein Gräuel ist, mir diesen wunderbaren Duft von Marie von meinem Körper zu waschen.

Ich genieße die Dusche, ziehe mir etwas an und gehe in die Küche, wo ich Marie antreffe. Marie sitzt nur mit einem Unterhemdchen und einem Slip bekleidet am Küchentisch. Sie sieht genauso bezaubernd aus wie gestern.

»Na, gut geschlafen?«, fragt sie mich.

»Ja, sehr gut«, sage ich und lache sie an.

»Ich muss leider gleich los, Leo. Hab ’nen Anruf von Kilian bekommen. Ich muss zu einem Tatort.«

Ich erwische mich, wie ich mich erschrecke.

»Was für ein Tatort? Was machst du überhaupt beruflich?«

Wir müssen beide lachen.

»Das Bedürfnis, darüber zu reden, war ja gestern Nacht nicht sonderlich groß«, kichert Marie. »Ich arbeite mit Kilian zusammen. Er ist bei der Mordkommission, und ich bin forensische Mitarbeiterin. Ne Laborratte quasi.«

»Ah, wie cool und interessant. Du spielst also mit jeglichen menschlichen Überresten oder Ausscheidungen. Sehen wir uns denn später wieder?«

»Natürlich, Leo. Du bist so wunderbar sprunghaft in deiner Thematik. Ich werde mich melden, sobald ich dort fertig bin.«

Sie geht mir durch meine braunen Locken und ich fühle mich verdammt gut.

Marie zieht sich an und fährt zu dem Tatort.

Und ich? Ich schwebe einen gefühlten halben Meter über der Erde und lache und lache und lache …

Es ist 15.25 Uhr, mein Telefon schellt und gerade in diesem Moment merke ich mein Schlafdefizit.

»Hallo?«

»Leo? Hier ist Kilian. Kannst du bitte zur Wallstraße 7 kommen? Nele und Moni sind auch schon hier.«

»Äh … ich versteh nicht ganz. Warum soll

ich …«

»Danke Leo. Bis gleich.«

Hä? Was ist das denn jetzt wieder für eine Scheiße? Warum soll ich zu dieser Adresse fahren? Ich strenge meinen verkaterten Kopf an, während ich mich anziehe und plötzlich fällt es mir wie Schuppen von meinen verfickten Augen. Das ist Karlas Adresse! Da ist was passiert!

Die Fahrt kommt mir vor wie eine halbe Ewigkeit. Ich friere, mir läuft ein Schauer nach dem anderen über den Rücken. Tränen steigen in mir auf, obwohl ich nichts weiß. Aber ich befürchte etwas Schlimmes.

Angekommen steige ich wie in Trance aus meinem Auto und laufe zu dem abgesperrten Haus, in dem Karla wohnt. Was ist hier nur los? Etliche Polizisten schwirren herum … Dann sehe ich Marie. Ich winke ihr zu und sie kommt sofort zu mir gelaufen.

»Was ist hier los, Marie?« Bevor sie mir antworten kann, höre ich jemanden meinen Namen rufen.

»Leo!« Es ist Kilian, ich drehe mich herum und sehe, wie er mit Nele und seiner Moni am Hauseingang steht. Mir wird kalt, mein Hals schnürt sich zu … Ich bekomme keine Luft mehr. Moni und Nele weinen.

Mein Herz droht auszusetzen. Mir wird bewusst, dass etwas sehr Schlimmes passiert sein muss.

»Leo, setz dich kurz hier auf die Treppe.«

Ich höre, wie Kilian mir erzählt, das Karla tot in ihrer Wohnung aufgefunden wurde. Seine Stimme ist ganz leise und ich kann ihn kaum verstehen. Er fragt mich nach Karlas Eltern … Mein Herz verkrampft sich.

»Karlas Eltern leben nicht mehr«, höre ich mich flüstern. Ich bleibe auf der Treppe sitzen und starre ins Leere. Plötzlich sind mir all die verdammten Schichten meiner Emotionen ganz bewusst. Die offensichtlichen genauso wie die unterschwelligen. Ich habe starke Gefühle. Auch beschützende, zärtliche und sehnsüchtige Gefühle. Doch auch andere … flüsternde, leise und subtile – und sie sind verdammt noch mal stark und real. Und diese durchdringen gerade meinen Körper wie eine Axt einen Schädel.

Und dann ist sie wieder da, die Stimme meines düsteren Dämons. Eine raue aber auch glatte Stimme. Er stellt mir nur eine bestechende Frage: »Wie kannst du es wagen, glücklich zu sein und so tun, als seiest du der bessere Mensch?«

Erneut höre ich Kilian. Diesmal klar und

deutlich.

»Leo, Karla ist ermordet worden und wir brauchen dich zur Identifizierung der Leiche. Nele und Moni sind dazu nicht in der Lage.«

»Ich mache es.«

»Trotzdem muss ich dich warnen. Es ist ein furchteinflößender Anblick.«

»Ich bin Krankenschwester, du Arsch, ich hab schon einiges gesehen.«

»Na, dann mal los«, sagt er mit verzogener Fresse.

Wir treten in den Hausflur ein und laufen zum dritten Stockwerk hinauf. Bereits in der zweiten Etage schlägt mir ein süßlich bitterer Gestank in die Nase. Ich trete zusammen mit Kilian und Marie in Karlas kleine Wohnung ein. Übelkeit steigt in mir auf. Der Gestank wird immer intensiver und wir gehen in Karlas Schlafzimmer. Ich merke, wie meine Augen sich weiten und aus meinem Gesicht die Farbe weicht.

»Oh … Ich … Himmel!«

Mir bot sich ein Bild des Grauens. Ich war einiges gewohnt, aber so was …

Das, was von Karla noch übrig war, saß nackt auf einem Stuhl mitten im Schlafzimmer. Ihre Arme waren zur Decke gestreckt. Um sie in dieser Stellung zu halten, hatte der

Täter durch jede Fingerkuppe einen dicken Draht gezogen und jeden einzelnen davon an der Decke mit einem Haken befestigt. Der Boden war voller Blut, Pisse und Scheiße. Der Mörder hat Karlas kleinen Körper komplett aufgeschlitzt. Gedärme hängen aus ihr heraus. Ihr Kopf wurde fein säuberlich abgetrennt und mit weit aufgerissenen Augen auf ihr Bett gelegt. In ihrem Mund steckt etwas. Vielleicht ein Stück Papier?

Die Stimme Kilians durchbrach mein versteinertes Inneres.

»Ist das Karla, Leo?«

»Ja, es ist Karla.«

Einen Tag später zeigen mir Kilian und Marie das Stück Papier, welches in Karlas Mund steckte. Es war ein Brief. Ein Brief von dem Killer!

Sehr geehrte Damen und Herren,

ich komme direkt zum Punkt. Ich habe Ihre liebe Freundin Karla ermordet. Ich habe sie ausgezogen, um sie nackt an ihr Bett zu fesseln. In mir herrschte eine große und starke Gewalt, als ich dies tat. Mit dieser habe ich Ihre Karla aufs Bett ge-

schmissen. Ich hätte sie auch vorsichtig hinlegen können, aber das hat diese verlogene Fotze nicht verdient. Durch meine brutalen Schläge war sie schnell bewusstlos. Karla wurde irgendwann wach … sie wimmerte. Aber das gehört schließlich dazu. Dann habe ich ihr ihr Geheimnis entlockt und fing an, sie aufzuschneiden. Danach war sie für mich nur noch ein Objekt ohne Fratze und ich musste ihr den Kopf abtrennen. Karla war nur noch eine leere Hülle, die noch ein einziges Mal in einer einzigartigen Position präsentiert werden wollte.
Das war meine Opfer-Beherrschung und mein omnipotentes Gewaltszenario …

Und hier das Geheimnis Ihrer Freundin:

01001001011000110110100000010000001
00101101100000101110010011011000110
00010010000001101000011000001011000
10011001010010000001100101011110101
01100011011010000001000000111011001
10010101110010011010000110010101 10
10010110110101101100011010010111000
11011010000111010000100000001100100

0110000101110011001000000110100101
10001101101000000100000010010000100
10010101011000100000011100000011011
11011100110110100101110100011101001
01110110001000000110001001110100101
10111000101110001000000100100101110
00110110100000010000001101000011000
01011000100110010100100000001101101
01101001011101000010000001100100011
10100101100101011100110110010101110
11010010000000101011001101001011100
10011101010111001100100000001100101
0111010001101100011010010110001101
10100001100101001000000110000101110
11100110010001100101011100100111001
01001000000100110101100101011101110
01110011011000110110100001100101101
10111000100000011000010110111001110
01110110010101110011011101000111001
01011000110110101101110100000101100
00100000011101110110010101110100101
10110000010000001100101011100110010
00000110110101101001011100100010000
00011001010110011101100001011011100
00100000011101110110000101110010000
10111000100000010101010110111001110
01000001000000110010001100101011100
11011010000110000101101100011000101

0010000001101000011000010110001001
1001010010000001101001011000110110
1000001000000110010101110011001000
0001110110011001010111001001100100
0110100101100101011011100111010000
1000000111101001110101001000000111
0011011101000110010101110010011000
1001100101011011100010 1110

Viel Spaß beim Lösen des Rätsels. So schwer ist es nicht.

Ihr I-Love-Bingo-Opa

Kapitel 13

Die Erlösung des Herrn 8

»Leo, kannst du mit diesem Brief etwas anfangen?«, fragt mich Kilian.

»Das scheint ein binärer Zahlencode zu sein. Ihr habt doch so tolle Leute hier, kann keiner von den Nerds herausfinden, was die Scheiße heißen soll?«

»Dass es ein Code ist, sehe ich auch. Was ist mit den geschriebenen Zeilen? Sagt dir das irgendwas?«

Ich lese mir sie noch mal durch … »Nein, keine Ahnung«, antworte ich niedergeschlagen.

Ich fühle mich vollkommen hilflos. Meine Zwangsgedanken und meine Tics nehmen vermehrt zu. Mein Entschluss steht plötzlich sehr beharrlich fest. Ich werde mich in meinen Job stürzen, um von meinen Überlegungen und wirren Gedanken, die sich ebenso um den Mord an Karla wie um mich selbst drehen, wegzukommen.

Nachts kann ich schlecht schlafen und komme regelmäßig zu spät zu meinen Frühdiensten. Wenn ich nachts aufwache oder aufschrecke pumpt mein Herz wie nach zwei Kannen Kaffee. Das passiert jetzt fast jede Nacht. Ich träume von schlimmen Dingen … von Männern mit Schweinsköpfen … von Mitessern in meinem Gesicht, aus denen Butterbrote heraustreten … total abstruse Sachen. Ich weiß immer nur eins und das ist: Bevor ich zu meinem Frühdienst gehe, auch wenn ich wieder zu spät komme, MUSS ich meine gesamte Wohnung aufräumen und putzen. Mir ist klar, dass es meine Zwänge sind, die mich packen und mich mit einem Nagel an die Wand fest tackern. Es ist schließlich nicht das erste Mal, dass mir meine Zwangsgedanken so zusetzen. Mein schwarzer Dämon ist auch wieder ununterbrochen bei mir … Er quäkt mir pausenlos die Ohren voll. Ich versuche, ihn zu ignorieren und gehe im nächsten Moment zur Tür hinaus und fahre zum Krankenhaus.

Der erste Kommentar meiner Arbeitskollegen lässt nicht lange auf sich warten und trifft mich. Die Wucht des Spruches reißt mich fast zu Boden. Mein Gott … seit wann reagiere ich da so sensibel drauf?

Das Einzige was ich meinen Kollegen entgegen kreischen kann ist: »Ich scheiße auf euch, und ich scheiße auch auf mein verficktes

Leben.« Eigentlich wollte ich Mitleid von meinen Kollegen, eine meiner besten Freundinnen ist gerade ermordet worden, aber das scheint hier keinen zu interessieren. Alleine, bestürzt und bewegungslos stehe ich auf dieser riesigen Intensivstation.

Es kommt mir vor, als würde ich nun mit leeren Händen dastehen und all das faule und fade Fleisch der Patienten riechen. Dieser rohe Gestank strömt wie eine verdammte Seuche in meine Hirnmasse.

»Wenn dich das kalt lässt, dann bist du ein Abbild von IHM« höre ich meinen Dämon sagen.

»Verpiss dich«, sage ich selbst.

Mir ist klar, dass meine Kollegen nur darauf warten, dass ich mich ergebe. Sie wollen mich krankes Stück mit all meinen Zwängen, Tics, Ängsten und unzuverlässigem Verhalten loswerden.

»Du hast den Patienten auf Zimmer 309, Leo«, schreit mir mein Schichtleiter auffallend laut entgegen, obwohl er direkt neben mir steht.

Dich Arsch kann ich auch nicht mehr leiden, denke ich, grinse dabei total dämlich und zwänge mich an seinem fetten Bauch vorbei. Dann trete ich langsam in Zimmer 309 ein.

Ich spüre meinen kalten Schweiß in meinem Nacken und tice.

Im Zimmer liegt ein Typ im Jogginganzug und mit fettigen Haaren.

»Warum ist er noch nicht umgezogen und hat kein Hemd von uns an?«, plärre ich aus dem Zimmer in der Hoffnung, irgendein Kollege würde sich angesprochen fühlen. Aber es kommt nix! Ich gucke mir den Typen an und denke: Das ist doch so ein schmieriger Wichser, ein Klischee-Wichser, der ansonsten seine fette adipöse Schwester besteigen darf, aber unter ihrer Fettschürze, die ihr über ihre Fotze schwabbelt, erst einmal ihre Muschi suchen muss. Und wenn er sie gebumst hat, mit Kippe im Maul, drückt er ihr die Kippe auf den Titten aus.

Ich drehe den Ton in meinem Kopf aus, atme tief ein und aus und bleibe für einen Moment ganz ruhig stehen.

Der Typ grummelt plötzlich ein leises »Morgen Schwester«.

»Ich hol Ihnen erst mal ein Hemdchen von uns. Sie können hier nicht im Jogginganzug liegen«, entgegne ich.

Ich besorge mir seine Krankenakte und ziehe ihn kurze Zeit später im Zimmer um.

Die Medikamente sind zum Glück schon gestellt worden; ich verabreiche sie ihm und widme mich dann seiner Akte.

Er ist ein Mathematiker … Aha, ein Studierter mit fettigen Haaren und Bierplauze. Du bekommst auch einen Nickname, überlege ich mir, und komme zu dem wunderbaren Entschluss, dass ich ihn nur kurz und knapp ›Herr 8‹ nennen werde.

Herr 8 ist 51 Jahre alt und Mathematiker, der Ösophagus-Varizen hat. Toll, denke ich, Krampfadern in der Speiseröhre. Wenn die anfangen zu bluten, gibt's 'ne äußerst üble Sauerei. Vorsichtshalber lege ich mir schon mal eine Sengstaken-Blakemore-Sonde ins Zimmer. Falls das fette Schwein anfangen sollte zu bluten, bekommt er sie zur Kompression seiner gezüchteten Varizen. Herr 8 hat bestimmt einen Alkohol-Abusus … und siehe da, es steht auch in seiner Akte.

Diagnose: Ösophagus-Varizen Stadium 3 nach jahrelangem exzessivem Alkoholgenuss.

Am nächsten Morgen, ich komme erneut zu spät, weil ich zuerst meine Wohnung putzen musste, latsche ich zielgerichtet ins Zimmer von Herrn 8 und erwische ihn beim Wichsen. Wusste ich's doch! Auch Mathematiker wichsen. Aber wie kann man sich einen runterholen, wenn man so schwer krank ist? Herr 8 nimmt mich nicht wahr und spritzt in alle Himmelsrichtungen seinen verfluchten Saft ab.

»Guten Morgen«, sage ich zu ihm.

Er erschrickt und fängt an, irgendeine doofe Scheiße zu stammeln. Ich höre nicht zu, sage auch nichts dazu. Ich bin sauer über diese Situation, fühle mich als Frau gedemütigt. Muss ich mir so was geben?

»Muss das denn sein?«, frage ich dann auch angewidert und frech.

Herr 8 ist beschämt, zumindest tut er so. Ich suche einen Mopp im Arbeitspflegeraum und wische seine Wichse vom Boden. Am liebsten hätte der Mathe-Freak mir doch in die Fresse gewichst! Meine Wut auf diesen Patienten steigt ins Unermessliche.

Jetzt stehe ich da und wische den Boden wieder sauber und starre dabei zum Fenster hinaus, sehe mein Spiegelbild und sehe plötzlich Karla … Karla, die liebe Karla.

In mir kocht es … Was hat mich jetzt so verletzt, was hat dieser Mann Unmoralisches gemacht? Aber nein, ich kann mich nicht zusammenreißen. Werde immer wütender. *Dieses Schwein!* Ich überlege nicht lange und spritze ihm eine Überdosis Propofol über den ZVK (zentraler Venenkatheter). Spüle mit

Kochsalz sehr gut nach, er verliert sein Bewusstsein. Seine Herzfrequenz wird sofort deutlich langsamer. Ohne zu überlegen reiße ich dem Mathematiker mit voller Wut und Wucht den angenähten ZVK am Hals heraus und den ebenfalls angenähten arteriellen Zugang aus der Arteria femoralis. Das Schwein verblutet. Das rote Lebenselixier sickert unaufhörlich aus ihm heraus.

Du wichsender Hurenbock, ich lasse es so aussehen, als hättest du dir selbst die Zugänge in deinem beschissenen Zustand gezogen. Dann gehe ich eine rauchen. Meine Wut vergeht nicht. Ich habe richtigen Brass auf dieses kranke Alkoholiker-Schwein. Es war aber auch die Macht, die ich dabei verspürte, die mich so anmachte. Das Herausreißen von angenähten Zugängen … Geil! Vor allem aber einfach jemanden zu töten, aus lauter Frustration, Gier, Wut und Enttäuschung. Diese Emotionen schlagen jedoch schnell in eine Ratlosigkeit um. »Das wurde dir aber anders beigebracht, Leo. Ich bin ein wenig enttäuscht«, höre ich meinen Dämon flüstern.

Als ich vom Rauchen wiederkomme, ist die Reanimation in Zimmer 309 im vollen Gange.

Ich bleibe im Hintergrund und verhalte mich ruhig. Das Stimm-Geschwader meiner Kollegen ist weit weg.

Todeszeitpunkt: 10.11 Uhr. Ich grinse wie immer ganz dämlich.

Zu Hause angekommen schaue ich in den Spiegel. Die Person dort sieht beschissen und verzückt zugleich aus. Der düstere Dämon meldet sich zu Wort: »Du hast Spaß am Morden, Leo. Du willst nicht nur sterbenskranke Menschen erlösen, sondern auch andere ermorden. Was sind das für Kreaturen, die du ermorden willst?«

»Keine Ahnung«, schreie ich. »Ich erlöse nur. Mit Herrn 8 ist mir vielleicht ein Fehler unterlaufen, aber ich fühlte mich gedemütigt.«

Warum schoss bei mir das Gefühl von Demut so stark ein? Weil ich ihn beim Wichsen ertappt und er meinen Arbeitsplatz damit verunreinigt hatte? Oder hatte es was mit Karlas unerklärlichem Tod zu tun? Schließlich wurde mir einfach eine Freundin genommen … Vielleicht wollte ich meinem düsteren Dämon zeigen, dass ich das auch ›einfach so‹ kann. Einfach jemandem das Leben nehmen. Mein Codex … Ich stocke … Mein Codex? Bislang kam mir noch nie der Begriff ›Codex‹ in den Sinn. Jetzt schon. Irgendeine Erinnerung flammt auf. Aber das war irgendein anderer

Codex, und das sagt mir, dass ich von meinem Weg abgekommen bin, geleitet von Emotionen. Es wurde mir wahrhaftig anders beigebracht. Verwirrtheit breitet sich in mir aus. *Wer hat mir was beigebracht?* Ich stehe vor der Wand im Wohnzimmer und schlage meinen durcheinandergebrachten Schädel mit voller Wucht gegen die Wand. Warmes Blut läuft mir übers Gesicht, aber ich verspüre keinen Schmerz. Ich sage laut: »Herr 8 war ein Fehler, und das darf mir nicht noch einmal passieren.«

Kapitel 14

Der I-love-Bingo-Opa

Henry, der wundervolle Kinderarzt, sitzt in einer Pommesbude und säuft Dosenbier. Ich, der Mensch, der Bingo liebt, sitze in meinem Auto und beobachte ihn seit zwanzig Minuten. Er sitzt einfach nur da, qualmt und trinkt ein Bier. Dann noch ein zweites. Henry hat auch was zu verstecken. Ich muss ihn nur auf frischer Tat ertappen. Mir ist eigentlich klar, was dieser Kinderarzt treibt. Ich habe ihn schon oft beobachtet. Alle glauben, er sei der nette, kinderliebe Akademiker von nebenan. Scheiße ist nebenan! Ich kann ihn aber hier nicht klarmachen. Sobald er die Frittenbude verlässt, werde ich ihm bis nach Hause oder auch sonst wohin folgen. Die Überraschung wird dann umso größer sein für Henry, wenn ich seine beschissene Tür eintrete und ihm auch knallhart in seine doofe Kinderarztfresse schlage.

Endlich! Der Wichser setzt sich in Bewegung und verlässt die Pommesbude. Wenn man ihn so sieht, wirkt er eigentlich ganz normal. Ein netter junger Mann. Das Schwein setzt sich in seinen alten Ford und fährt los. Wo wird er hinfahren? Ich weiß nur eins; der

Doktor wird meine dicke harte Faust in seiner Fresse fühlen. In meiner Welt läuft alles ein wenig anders … Außer Bingo! In meiner Welt geht eine solch kranke Kreatur nicht in den Knast oder in eine Psychiatrie. Er wird sich sein eigenes Grab schaufeln, dieser verfickte Hurensohn.

Nach kurzer Zeit bemerke ich, dass der Doktor tatsächlich doch noch nicht nach Hause fährt. Ich folge ihm weiter und kapiere schnell, wohin er will. Er fährt zu einem bekannten Schwulen-Park etwas außerhalb der City. Ich bleibe wieder im Auto sitzen und beobachte ihn. Meine Sicht auf den schwulen Doktor ist fabelhaft. Es sind viele Männer in dem Park, die offensichtlich das kurze Fickabenteuer suchen. Nach einer halben Stunde taucht eine Frau mit einem kleinen Jungen auf. Die Frau passt gar nicht in den Park zwischen all den wichsenden Wesen; sie ist sehr elegant gekleidet. Die Frau mit dem Jungen steuert jedoch direkt auf Henry zu. Sie begrüßen sich kurz, dann verschwinden sie zu dritt auf die heruntergekommene Parktoilette. Ich laufe ihnen vorsichtig hinterher. Das ist meine Chance, den kranken Kinderarzt auf frischer Tat zu ertappen … Und dann habe ich ein verdammt verhurtes Motiv, warum er durch meine wundervollen starken Hände sterben muss.

Die drei sind schon seit 10 Minuten auf der stinkenden Parktoilette. Ich gehe auch hinein … leise … und schließe mich in einer anderen Kabine ein und das Grauen nimmt seinen Lauf. Ich kann sie beobachten, durch schon vorhandene Löcher in der Klowand, die wahrscheinlich von irgendwelchen notgeilen Hurenböcken fabriziert wurden.

Der Junge, der allerhöchstens fünf oder sechs Jahre alt ist, steht auf dem Klo, während der liebe Herr Doktor die Pflaume der Frau leckt. Ach, guck an, doch nicht nur schwul, denke ich. Seine Zunge ist mit einem weißen Schleim bedeckt. Wer weiß, wo der Doktor schon überall seine Zunge drin hatte? Henry wirkt wie eine Kreatur, die nicht von dieser Welt stammt. Er fickt die Frau nun in den Arsch.

Sie werden lauter, der kleine Junge weint. Ich höre Henry jauchzen: »Ich hoffe, du hast dir deinen Arsch und deine Fotze nicht gewaschen! Ich liebe den Geruch von ungewaschenen Geschlechtsteilen und mit Scheiße gefüllten Ampullen.«

Ich sehe ihren Slip, der vor Dreck auch von selbst in der Ecke hätte stehen können.

Henrys zarte Kinderarzthände greifen plump

und feste an den Körper der Frau.

Die Frau wimmert: »Steck ihn mir in die Fotze.« Sie will tatsächlich, dass Henry seinen noch warmen, mit Scheiße beschmierten Schwanz in ihre Möse steckt.

Ich merke, wie mir schlecht wird … von dem unfassbaren Geschehen und den Gerüchen …

Plötzlich hört Henry auf, die Frau zu ficken und dreht sich dem kleinen Jungen zu. Dieser weint … mein Herz zerreißt es. »Was glotzt du so, kleiner Mann?« Er nähert sich ihm …

Oh Gott, denke ich, das kann nicht wahr sein. Henry, aber auch die eklige Frau … Sie haben es beide verdient zu sterben. Der Junge kreischt auf. Meine Gedärme zerreißt es vor Wut …

Ich ziehe blitzschnell meine I-love-Bingo-Maske über und bin innerhalb von wenigen Sekunden in der Nachkabine bei Henry und dieser Nutte.

Zuerst schlage ich Henry in die Fresse, doch der zeigt gute Gegenwehr. Es kommt zu einem furchtbaren Handgemenge in der kleinen Kabine. Die Frau schlägt auf mich ein; ich ziehe ein Messer hervor und schneide ihr blitzschnell die Kehle durch. Der Doc bekommt einen deftigen Schlag in seine verfluchten Eier und ich würge ihn bis zur Bewusstlosigkeit. Henry sackt endlich in meinen starken Armen zusammen.

Ich japse nach Luft … stemme mir die Hände in die Hüften … Wo ist der kleine Junge? Ich schaue umher …

Er liegt röchelnd zwischen Toilette und Kabinenwand. Durch die Wucht unserer unkontrollierten Schläge haben wir auch ihn getroffen. So fest, dass seine Kopfhaut abgeplatzt ist und wie ein Stück rohes Fleisch von seinem Kopf hängt. Er hat weißen Schaum vor dem Mund … Er liegt dort wie ein krepierender Köter.

Ich schaue auf die Uhr. Mittlerweile ist es 0 Uhr und stockdunkel. Ohne zu überlegen rufe ich den Rettungsdienst an und bestelle ihn hierher. Jetzt muss es schnell gehen! Dem Jungen wird hoffentlich gleich noch geholfen. Die Frau lasse ich hier … NEIN! Ich nehme sie auch mit. Schmerzen verspüre ich am ganzen Körper nach diesem Kampf. Ich drücke sie weg, sammele noch einmal meine Kräfte und schleppe die Frau und den *lieben* pädophilen Doc aus der widerlichen Parktoilette und trage beide so schnell ich kann zu meinem Auto. Ich verfrachte sie in meinen Kofferraum. In diesem Moment bin ich froh, dass mein Vater mich früher sportlich so sehr geschunden hat, dass es mir nun möglich ist zwei abscheuliche Kreaturen gleichzeitig zu tragen.

Als der Rettungswagen um die Ecke kommt, schließe ich gerade den Kofferraum und reiße mir meine Maske vom Gesicht. Mein Lieblingsspiel kann jetzt beginnen!

Ich fahre uns drei zu dem Haus vom Doc, da bin ich schön ungestört und kann mir was für diese miesen Schweine ausdenken. Aber der Junge … wenn ihm geholfen wird, dann gibt es quasi einen Zeugen. Die Aktion ist Scheiße gelaufen! Ich hätte Henry doch besser zu Hause überraschen sollen, dann wäre dem Jungen einiges erspart geblieben. Mein narzisstisches und arrogantes Denken hat mich überrollt. Ich war zu hochmütig und habe Fehler gemacht. Wenn das Vater wüsste! Aber ich will, dass man meine Taten mit einer exzessiven Bewunderung achtet. Die Gesellschaft wird mich bewundern und feiern für meine gewissenhaften Taten, die ich für sie vollzogen habe. Da werden sie mir doch wohl diesen kleinen Fehler verzeihen. Ob Vater davon erfahren wird? Ich hoffe nicht!

Ich muss mich beeilen, bevor Henry wieder aufwacht. Er hatte einen guten Schlag! Ich schmeiße Henry auf sein großzügiges Doppelbett. Ich will nicht wissen, was er hier schon alles getrieben hat. Mein Körper schüttelt sich.

Die tote Nutte werfe ich auch aufs Bett, genug Platz ist ja …

Ich lege die Frau auf den Rücken, mittlerweile ist sie so blass wie ein blanker Arsch. Henry lege ich mit dem Bauch zuerst, auf die ausgeblutete Hure und binde ihn nackt mit der toten Fotze zusammen. Knebel ins Maul. Und dann warte ich, bis er wieder zu sich kommt …

Ich warte fast zwei Stunden, bis Herr Arschloch wieder zu sich kommt. Er versucht zu schreien … guckt in die tote Fratze der Frau, der er vor ein paar Stunden noch in den Arsch gefickt hat. Und jetzt schreit er? Verstehe ich nicht!

»Na, mein Täubchen. Wie geht es dir?«, frage ich Henry. »Bist du schon feucht?«

Mit seinem Knebel in der Schnauze kann Henry eh nichts von sich geben, außer widerliche Wimmereien, die sonst die armen, hilflosen Knaben von sich gegeben haben, wenn er sie mit seinem harten Schwanz vergewaltigt hat.

Henry versucht, seinen Kopf anzuheben, um mein Antlitz zu erblicken. Ich hindere ihn nicht, denn ich habe eh meine Alte-Mann-Maske auf und außerdem wird er so oder so gleich auf brutale Art sterben. *Hat unser Vater mir auch diese Brutalität beigebracht? Er selbst hat die Mörder meistens nur mit einem Stich erledigt? Übertreibe ich? Egal!*

Ich verpasse dem Doc einen saftigen Schlag auf den Hinterkopf, sein Kopf knallt auf die Visage der Toten Hure. Ich weiß genau, was ich tue.

»Doc, kennst du die Dame?«, frage ich ihn. Er hebt erneut seinen Kopf und glotzt mich angewidert mit Tränen in den Augen an.

Wie süß, denke ich.

»Wir sind noch lange nicht fertig, mein lieber Doc.« Ich gebe ihm keine Chance, der Knebel bleibt auch, wo er ist. Ich will ihn nicht reden hören. Er hat es nicht verdient, mit mir zu sprechen, dieses schwanzgesteuerte, verwichste Monster.

Heute trage ich eine Pistole bei mir, eine Smith & Wesson 460 XVR. Das Metall glänzt in seiner schönsten Pracht.

»Henry … weißt du, was das ist? Damit werde ich deinen Arsch jetzt ficken.«

In meinen Händen sieht die Waffe göttlich aus, lässig schiebe ich meinen Finger hinter den Abzug und lasse sie cool und locker von meinem Fingerknöchel herunter hängen. Dann sieht Henry mich an, unsere Blicke treffen sich. Stille herrscht zwischen uns. Er ist stumm vor Entsetzen und ich fühle die Macht, die ich nun habe. In diesem Moment verschwindet jegliches Leben aus dem Raum …

Ich gehe auf Henry zu und ramme ihm meine Smith & Wesson in seinen Arsch. Er will aufschreien, aber es gelingt ihm nicht. Ich ficke seine erbärmliche Arschfotze eine halbe Stunde mit dem Revolver. Dann verliert er erneut das Bewusstsein. Was für ein Schlappschwanz, geht es mir durch den Kopf. Er tut so vielen Frauen, Kindern und sicher auch irgendwelchen Kerlen wer weiß was an, selbst macht er aber schon nach 30 Minuten schlapp. Was für eine Abartigkeit!

Ich ziehe meine Waffe aus seinem Arsch. Blut und Kacke hängen am Lauf. Solange er bewusstlos ist, setze ich Henry nackt auf einen Stuhl mitten im Zimmer. Fessele ihn erneut, diesmal aber ohne Knebel.

Er kommt zu sich, hebt den Kopf nur langsam. Der Doc guckt mich an und weiß, so sieht der Tod aus. Genauso fühlt er sich an. Die Zeit bleibt stehen und Henry ist allein … mit mir. Ich drücke ihm die Waffe in seinen geöffneten Mund, wie einen harten, zuckenden

Schwanz. Das muss er doch mögen! Mein Finger klebt am blanken Lauf und am kalten Metall.

»Lutsch alles sauber, du Hurensohn!«, kreische ich Henry zu. Er atmet jetzt sehr schnell.

»Du verdammte Hure, LUTSCH ES SAUBER!«, höre ich mich schreien. Ich packe den verdammten Kinderarzt an seinen blonden Haaren und reiße seinen Kopf nach hinten. In dieser Sekunde fängt Henry an, seine Scheiße und sein Blut von meinem Revolver zu lutschen. Danach setze ich mich kurz auf seine beschissene Couch und überlege.

»Weißt du, warum ich das mache, Henry?«

»Ja«, sagt er schwach und hat einen kalten Ausdruck in seinen Augen und Scheiße an seinem Lügenmaul.

Ich kann in seiner Visage erkennen, wie sein Wille ihn verlässt. Es bereitet mir einen wunderbaren Hochgenuss, dieses Kinder fickende Schwein zu brechen und ihn als abartige Fleischmasse zu hinterlassen.

Mit einem heftigen Schlag in den Bauch fange ich an. Dann nehme ich aus meinem Werkzeugkoffer eine Zange, reiße seinen Kopf an den Haaren erneut in den Nacken und fange an, ihm jeden Zahn einzeln zu ziehen und diese mit den Fingern gegen die Wand zu schnippen. Ich habe Spaß daran! Danach wird es mir zu bunt und ich steche ihm ein Messer direkt ins Herz und zerschneide ihm anschließend noch seine Fresse. *So wie Vater es mir beigebracht hat!*

Das Elixier fließt in Strömen.

Henry, der Kinderdoc, ist tot. Endlich! Mit seiner dickflüssigen Blutmasse schreibe ich an die Wand:

Sehr geehrte Kollegen von der Mordkommission.

Ich war mal wieder tätig und habe den Abschaum unserer Gesellschaft vernichtet.
Sie dürfen mir ruhig danken! Der Kinderarzt Dr. Henry M. war ein pädophilier Kinderschänder.
Sie werden in Zukunft stark auf mich angewiesen sein, denn ich bin der FÜHRER und Sie dürfen mich lieben.

Wundervolle Grüße vom I-Love-Bingo-Opa

Kapitel 15

Was spricht gegen eine Liebe zwischen Lotte zu Rasoris und Marco Ruppert?

Nichts!

Kapitel 16

1986: Die Serienmörder Lotte und Marco Ruppert in Argentinien

Liebe, Glück, Vertrautheit, unsere Ideale, meine neue Familie, unsere drei Kinder …

Marco und ich sind schnell ein Paar geworden und haben geheiratet. Seiner Anziehungskraft kann und werde ich mich wahrscheinlich nie entziehen können. Wir sind Serienmörder Deluxe und töten Menschen in Argentinien, die es auch verdient haben. Es sind meistens Vergewaltiger, Dealer, Kinderficker und anderer menschlicher Abschaum. Der Codex der Rupperts zeigt uns den Weg, diese Menschen zu vernichten.

Jede einzelne Faser unserer Körper ist angespannt, sobald wir uns berühren und den Codex befolgen. Ich starre unglaublich gerne und mit voller Leidenschaft in die schwarzen Augen meines Mannes Marco. Ich liebe es, wenn er sich vorbeugt und mich küsst … Und ich liebe es genauso, wenn er wahnsinnige Mörder aus unserer Gesellschaft reißt. Seine Küsse und seine Morde fühlen sich an, als würde meine ganze Welt auf einmal Kopf stehen und ich kann nicht mehr klar denken, solange er von mir und diesen abscheulichen Kreaturen nicht ablässt. Wir lieben uns und morden zusammen; danach gucke ich in seine Augen und sehe zwei wunderbare Sterne, die mich gefangen nehmen und in denen ich eintauchen kann.

Wir ziehen momentan drei Kinder groß. Den Knirps aus dem Putanerviertel, das kleine Mädchen, das Marco vor dem Schlächter gerettet hat und … und das Kind meiner Blutschande.

Unsere Gepflogenheit zwingt Marco und mich quasi ein Doppelleben zu führen. In unserem Alltag sind wir zusammen mit unseren drei Kindern darauf bedacht, normal und unauffällig zu erscheinen. Marco jedoch hat einen unstillbaren Drang, Mörder zu töten. Und er lernt uns alle sehr zügig an. Die Kinder lernen schon früh von ihrem Vater, was es heißt, *Mordlust* zu verspüren. Wir sollen ›diejenigen‹ töten, die es auch verdient haben, also Mörder, die von der Polizei und der Justiz aus welchen Gründen auch immer nicht belangt werden können. Wir lernen von Marco zu töten, ohne dabei Spuren zu hinterlassen, aber auch etliche Regeln, die uns davon abhalten sollen, leichtfertig und wahllos zu töten. So leben Marco und ich unsere dunkle Seite des Nachts aus, gehen dabei aber immer streng nach dem

Rupperts-Codex vor.

Unsere zwei *angenommenen* Kinder werden schnell groß, und im Alter von 10 Jahren tötet unser Sohn seine erste Dealerin.

Zeitweise hat Marco auch komische Allüren. So hat er ein Faible für Masken und dieses auf seinen Sohn übertragen.

Oft stelle ich mir die Frage, aus welcher Familie unsere zwei ältesten Kinder wohl stammen. Diese Fragen scheinen Marco nicht zu erfreuen. Für ihn sind es *seine* Kinder. Auch das Kind meiner Blutschande hat er direkt nach der Geburt in sein liebevolles Herz geschlossen.

Eines Abends, nachdem wir erneut auf Tötungstour waren, sitzt Marco mir in seinem Ledersessel gegenüber und schnalzt mit der Zunge. »Lotte, was spricht eigentlich dagegen, wenn wir beide noch ein gemeinsames Kind bekommen würden? Ich frage mich einfach, ob es damit zu tun hat, dass ich eigentlich weiß, das unsere drei nicht wirklich von mir sind.«

»Es sind *unsere* Kinder, Marco!«

»Ja, natürlich, und ich liebe sie alle drei gleichermaßen. Aber was ist gegen ein viertes Kind einzuwenden? Du bist meine große Liebe, Lotte.«

»Du hast mir versprochen, dass wir meinen Bruder Karl töten. Dabei ist ein Baby vielleicht etwas hinderlich! Meinst du nicht auch?«

»Dein Bruder Karl wird seine gerechte Strafe noch bekommen. Das habe ich dir versprochen.«

Ich denke kurz nach und kann mich seiner Begierde nicht entziehen. In eine Wolldecke gehüllt starre ich auf den Boden. Ich verharre vollkommen still, doch dann stehe ich mit einer eisigen und gleichzeitig liebestollen Entschlossenheit auf, lasse die Decke zu Boden fallen und ziehe mich aus. Ich neige meinen Kopf zur Seite und schaue meinen makellosen Mann an; dann setze ich mich auf seinen Schoß. Ich spüre seine Erektion und ziehe ihn ebenfalls aus. Marco bewegt sich nicht; es scheint, als wage er nicht mal zu atmen. Er starrt mich nur mit seinen schwarzen Augen an, die wunderschön in seinem markanten Gesicht glänzen. Marco mustert mich eindringlich. Ich lasse mich auf seine Männlichkeit gleiten. Wir schließen beide unsere Augen und tauchen ab in unsere bedingungslose Liebe. Ich spüre Marco so intensiv, wie schon lange nicht mehr. Unwillkürlich bäumen sich unsere Körper auf und eine Druckwelle löst eine

Energie aus, die man nicht beschreiben kann. Dann gleiten wir langsam wieder zur Erde zurück und verharren noch einige Minuten in dieser glückseligen Position. Irgendwann fangen wir beide an zu kichern.

Neun Monate später kommt unser erstes gemeinsames Kind in Argentinien zur Welt. Es ist ein Mädchen. Sie hat genauso lockiges Haar wie ich; jedoch ist sie nicht blond, sondern hat Marcos dunkle Haarfarbe geerbt. Sie besitzt eine unglaubliche Schönheit.

Nach der Geburt wird uns klar, dass wir nun vier Kinder haben, die alle zu Serienmördern heranwachsen werden und uns Rupperts in Zukunft sehr stolz machen werden.

Kapitel 17

Tatort 2

»Wir haben schon wieder einen Leichenfund, Marie. So wie es aussieht wieder vom I-love-Bingo-Opa«, schreit Kilian Marie entgegen.

Diese sitzt in ihrem Labor und guckt sich Blutspuren unter ihrem Mikroskop an. Sie hat keine Lust auf eine neue Leiche. Sie sind ja mit dem ersten Fall noch nicht mal weiter gekommen. Der binäre Code, der bei Karla gefunden wurde, ist auch noch nicht entschlüsselt worden. DNS war auch nicht zu finden. Scheiße verdammte! Sie wäre jetzt lieber bei Leo, ihrer Liebe.

»Lass uns fahren, Marie. Wir haben's wohl mit einem Serienmörder zu tun.«

Wir machen uns auf den Weg, und nach einer halben Stunde fahren wir in eine Auffahrt, die uns zu einem hübschen Häuschen führt.

Kilian läuft getrieben von rastloser und nervöser Energie in das hübsche Haus hinein. Schleppend renne ich hinter ihm her, mitsamt meinen Utensilien, die ich sicher gleich brauchen werde. Ich schaue nervös in die Zimmer, an denen wir vorbei laufen. Hier scheint jemand zu wohnen, der viel Geld verdient hat, ist mein Gedanke. Antike Möbel, schöne wertvolle Gemälde, ein großer Garten mit Pool …

»Marie … ich bin hier im Schlafzimmer«, höre ich Kilian rufen. Ich beeile mich und trete ein, in eine Grotte voller Blut und mit zwei Leichen. Eine Frau auf dem Bett, und ein Mann nackt sitzend und gefesselt auf einem Stuhl. Und eine Hinterlassenschaft vom Täter, nur diesmal wurde der Text mit Blut an die Wand geschrieben. Kilian sieht resigniert aus, er schüttelt nur seinen Kopf.

Ich lese den Text an der Wand und der Name KINDERARZT DR. HENRY M. brennt sich in meine Augen.

Angst packt mich.

»Ist das etwa Henry?«, frage ich.

»Kennst du ihn Marie?«

»Wenn es DER Henry ist, dann ist das auch ein Freund von Leo.«

»Was?«, schreit Kilian.

»Du kennst ihn doch auch! Wir waren schon zusammen feiern …«

Kilian dreht sich noch mal zu dem Toten auf dem Stuhl herum. »Ich erkenne ihn nicht. Du, Marie?« Dann schreit Kilian laut in den Raum hinein: »Wir müssen herausfinden, wer die beiden Personen sind. Durchsucht ihre Klamotten und Taschen nach Personalien«, beauftragt Kilian alle anwesenden Polizisten, »und gebt uns sofort Bescheid, wenn ihr was herausgefunden habt.«

15 Minuten später werde ich von einer kräftigen Männerstimme aus meinen Gedanken gerissen. Ich konnte noch nichts untersuchen oder einleiten. Ich MUSSTE erst wissen, ob es wirklich Henry ist, der Freund von Leo. Er war so verunstaltet, dass ich ihn nicht hätte erkennen können. Sein Gesicht war schmerzverzerrt, mit Blut beschmiert und man hatte ihm alle Zähne gezogen. Sein Gesicht war anscheinend mit einer Rasierklinge oder einem Messer zerkratzt worden. Es war ein furchtbarer Anblick, auch für mich, obwohl ich zusammen mit Kilian schon viele Tatorte gesehen hatte.

Ein Kollege rasselt plötzlich die Daten mit seiner tiefen Stimme herunter: »Die Frau heißt Simone G., ist 32 Jahre alt, kommt ursprünglich aus Berlin, wohnt aber seit circa einem halben Jahr hier … und sie hat einen Sohn. Was mit dem ist beziehungsweise wo er ist, haben wir noch nicht herausfinden können. Aber wir sind dran …«

»Der Mann ist tatsächlich der bekannte Kinderarzt Dr. Henry M., 30 Jahre alt und Single. Ihm gehört auch dieses Haus hier.«

Im Zimmer ist alles ruhig. Dann fange ich

mit der Spurenuntersuchung an und überlege, wie ich es Leo beibringen soll. Ist das Zufall, dass schon wieder einer ihrer Freunde so brutal ermordet wurde? Und vor allem die Nachricht, die an die Wand geschmiert wurde. Henry ein Pädophiler? Er war schwul, dass wusste ich von Leo. Und auch von ihm selbst. Wir waren schon des Öfteren zusammen feiern und er war immer sehr nett zu mir und den anderen gewesen. Ein Freund halt.

„Marie … Marie … MARIE!«

Ich erschrecke. »Was ist denn?«

Kilian steht vor mir und sagt: »Der Code, den wir bei Karla gefunden haben, ist entschlüsselt worden. Ein Kollege hat mich grad angerufen und hat es mir durchgegeben.« Kilians Gesicht sieht aus, als wäre es aus Seife geschnitzt worden. Er hat Augenränder.

»Hat man dir gesagt, was es zu bedeutet hat?«, frage ich.

»Nein«, antwortet er. »Lass uns zur Dienststelle fahren und das Geheimnis des Codes lüften.«

Ich kriege nur ein leises »Okay« heraus. Wir verlassen das Haus des Docs und fahren zur Dienststelle.

Dort angekommen taucht sich alles in ein krankes Grau. Wir laufen in unser Besprechungszimmer, wo Eric, unser Spezialist für die Entschlüsselung von Codes, einen alten Projektor aufgebaut hat und auf uns wartet. Kilian scheint es kaum abwarten zu können. Ich bin kaltem Schweiß ausgesetzt. Eric macht das Licht aus und wirft den Projektor an. Ich schließe meine Augen kurz, und öffne sie ganz langsam wieder. Es ist, als würde die Zeit still stehen. Bunte Blitze und Staubpartikel tanzen vor meinen Augen. Doch es hat sich nichts verändert, das Licht ist aus, der Projektor an, der einen unfassbaren Text an die Leinwand schmeißt:

»Ich, Karla, habe euch verheimlicht, dass ich HIV-positiv bin. Ich habe mit diesem Virus etliche andere Menschen angesteckt, weil es mir egal war. Und deshalb habe ich es verdient zu sterben.«

Die Nachricht ist zu Ende. Das war's!

Ich gucke Kilian an, er sagt nichts … seine Pupillen sind so groß wie Radkappen.

»Ich bin jetzt 32 Jahre alt, aber so was Krankes habe ich bislang noch nicht erlebt«, höre ich Kilian schreien. Mein Kopf neigt sich herunter und ich muss weinen. Meine Tränen laufen unaufhörlich. Kilian streichelt zärtlich meine Wange, während ich ihn schockiert und auch traurig anschaue, scheint die Luft im Zimmer zu pulsieren. Das MUSS ein Traum sein. Allerdings kann ich in diesem Traum nur nach vorne schauen … und muss meinen Job weiter machen. Ich muss Spurenuntersuchung betreiben, ich muss professionell bleiben, aber meine Gedanken sind woanders.

Nach drei langen Stunden Arbeit in meinem kleinen Labor sagt Kilian: »Komm, Marie, ich fahr dich zu Leo. Du hast einiges vor dir.«

Kapitel 18

Leo und Marie

Er fährt mich zu Leo. Ich sitze die gesamte Fahrt über stumm in Kilians Auto. Wir reden kein Wort miteinander. Ich frage mich, wie er es seiner Moni erklären will, und ob er ihr überhaupt von den Einzelheiten und Umständen erzählen wird. Moni war immerhin auch eine gute Freundin von Henry.

Aber ist denn auch alles wahr, was mit Blut an die Wand gekritzelt wurde? Henry war schwul, er hatte keine Beziehung … aber ein Kinderficker?

»Wir müssen so schnell wie möglich den Sohn der jungen Frau finden«, höre ich Kilian sagen, als er das Auto vor Leos Haus abgestellt hat. »Er ist unser einziger Zeuge in dem Fall.«

»JA, ich weiß«, stoße ich voller Zorn heraus.

Wir sitzen noch ungefähr eine halbe Stunde zusammen im Auto. Keiner sagt ein Wort. Mittlerweile ist es 20 Uhr und die Wolken ziehen sich zu. Es ist kalt.

»Ich wünschte, wir hätten diese Clique niemals kennengelernt, Marie«, brummelt Kilian.

»Ich liebe Leo. Sie ist mein Leben.« Mehr sage ich nicht und drehe mich zur Autotür, um auszusteigen.

Bevor ich bei Leo klingle, warte ich noch, bis Kilian weggefahren ist. Er lächelt, als er an mir vorbeifährt. Ich halte noch mal kurz inne und versuche nachzudenken. Doch mein Kopf ist voll – voll wie ein Darm voller Scheiße.

Ich schelle und laufe hoch zu meiner Liebsten.

Leo sieht scheiße aus; sie steht in der Tür und tict unaufhörlich. Ich sehe zwar, dass sie sich freut, mich zu sehen, aber gut geht es ihr nicht. Wie soll ich ihr sagen, dass jetzt auch Henry tot ist, und was er war … Warum werden zwei Freunde meiner Freundin so kurz hintereinander ermordet? Mir ist schlecht; könnte ins Treppenhaus kotzen. Und wie soll ich ihr die Entschlüsselung des Codes beibringen? Mir schwirren etliche Fragezeichen im Kopf umher. Hatte Leo eigentlich mal was mit Karla? Wenn ja, muss sie einen HIV-Test machen lassen.

Fragen über Fragen.

Ich begrüße sie schon von der Treppe aus mit den Worten: »Hallo Leo-Schatz«, und versuche, wenigstens kurz alles wie einen bösen Traum von mir zu weisen.

Ich freue mich so, sie zu sehen. Wir hatten uns einige Tage nicht gesehen … Doch die gespielte Leichtigkeit kann ich nicht lange aufrechterhalten. Ich wache auf wie aus einem Drogenrausch Ich bin einfach keine Frau, die großartig drumherum schwafelt.

Leo trägt ein schlichtes weißes Hemdchen. Ihre dunkelbraunen, fast schwarzen Locken sind länger geworden – jedenfalls kommt es mir so vor – und fallen in wundervollen Wellen auf ihre Schultern. Ich merke, dass sie weit weg ist. Ihre schamhaften Umrisse flackern im Schatten wie eine defekte Neonröhre.

Langsam gehe ich auf sie zu. Es kommt mir vor, als würde ich auf der Stelle laufen. Ich habe Angst, dass ich sie mit gewissen Sachen nie richtig erreichen werde. Ich werde sie nicht retten können …

Letztendlich steh ich direkt vor Leo. Sie sieht mich ohne ein Wort zu sagen an und ihre Lippen bewegen sich zaghaft den meinen entgegen. Leo fängt plötzlich stark an zu zittern. Auch mein Puls klopft mir bis zum Hals. Es geschieht automatisch. Ich kann mich nicht dagegen wehren und es sprudelt nur so aus mir heraus. »Henry ist tot, Leo.«

Alles ist so endgültig. Leo kann sich dem nicht entziehen.

Ich möchte schreien, mich wehren … irgendetwas tun, doch ich kann nicht. Ich werde von imaginären Kugeln getroffen und durchbohrt. Mein scheiß Körper wird zerfetzt und ich kann mich nicht wehren. Kein Geräusch, mein Körper verschwindet lautlos in der Dunkelheit. Doch meine Tics durchbrechen diese. Marie ist bei mir und das tut meiner Seele gut. Ich frage sie nichts, wir gehen irgendwann erschöpft schlafen. Kein einziges Gefühl ist in meinem Körper. Irgendjemand hat mir vor ein paar Stunden alle Liebe aus meinem Herzen gequetscht.

Ich wache schweißgebadet auf und kann es nicht glauben. Es ist wie ein Stromschlag, der durch meinen Körper fährt. Ruckartig bin ich hellwach und in meiner Brust ist ein pochender Knoten. Ich könnte kotzen, wenn ich daran denke, was Marie mir berichtet hat. Wie eine verdammte Maschine atme ich tief ein und aus. Mein Körper zittert. Jetzt ist auch Henry ermordet worden. Das bringt mich an den Rand des Wahnsinns. Ich sehe mich um und alles kommt mir fremd vor. Ich will mir eine Kippe drehen, aber selbst meine Bewegungen und meine Haut fühlen sich fremdartig an.

»Deine Glut, Schatz«, sagt plötzlich eine

Stimme. Es ist Marie, die mit mir spricht. Mein Herz stolpert und rast. Marie sitz im Sessel vor meinem Bett.

»Kannst du mir auch eine drehen?«, frage ich Leo.

Wir rauchen zusammen zig Zigaretten, sagen immer noch nichts.

Anderthalb Stunden sitzen wir da und rauchen eine nach der anderen, bis Leo sagt: »Ich fühle mich beschissen.« Aber ihre Stimme klingt irgendwie neugierig. Leo verdreht die Augen und atmet schwer. »Ich muss schlafen, ich habe gleich Frühdienst.« Sie klingt wie ein müdes Kind. Ihre Worte und ihr Verhalten treiben mir die Angst in meine Gliedmaßen.

Die Stunden dieser Nacht verstreichen in Stille. Dann ist es Morgen und Leo steht auf.

»Wo gehst du hin, Schatz?«

»Wo soll ich schon hingehen? Arbeiten! Ich habe Frühdienst.«

Sie raunt mich so an, dass ich enttäuscht bin. Leo verschwindet ins Badezimmer. Vorher guckt sie mich noch einmal an, geht dann aber. Meine Hände zittern und ich drehe mir selbst eine verdammte Kippe. Ich brauche einige Zeit, denn ich habe nicht viel Übung darin. Unsere Nacht war so was von unschuldig und legt sich nun wie ein Schleier über uns.

Die Tatsache, dass ich das bemerke, sagt mir einiges …

Die Luft im Bad ist verdammt noch mal feucht. Das Atmen fällt mir schwer. Ich dusche und stelle mich danach vor den Spiegel. Ich sehe lässig aus, bin es aber nicht. Meine Körperspannung geht ins Unendliche und denke: ›Henry soll jetzt auch tot sein? DAS kann nicht sein!‹ Aber ich weiß auch, dass die Beamten ihre Arbeit scheiße noch mal gut machen, sehr gut sogar! Es wird die Wahrheit sein. Und ich muss mich damit abfinden.

Ich halte es nicht aus und folge Leo ins Bad. Sie steht vor dem Spiegel und ich umfasse ihre Brüste. Mein Becken drückt sich an ihren Arsch. Ich packe sie an ihren Hüften … Ich liebe sie, aber ich merke, wie sich jeder einzelne Muskel an ihrem Körper unter meinen Berührungen anspannt.

»Ich muss zur Arbeit, Marie.«

»Ich weiß …«, flüstere ich enttäuscht.

Ich sauge diesen einzigartigen Moment auf. Mein Gefühl sagt mir, wir verschmelzen gerade. Marie umarmt mich im Badezimmer und ist, glaube ich, glücklich. Ich denke nicht an mein beschissenes Leben und an meinen noch beschisseneren Job. Ich kann nicht glücklich sein.

»Ich muss jetzt wirklich los, Marie …«

Leos Stimme klingt traurig, aber ich lasse sie gehen. Was bleibt mir anderes über? Ich habe ihr immer noch nicht sagen können, was der binäre Code bezüglich Karla zu bedeuten hat. Meine Angst frisst mich fast auf.

Ich fahre zum beschissenen Krankenhaus. Ich höre keine Musik. Nichts! Ich denke an meine Erlösung und an meinen Fehler, den ich begangen habe. Die zwei Patienten werde ich nie mehr wiedersehen.

»Warum machst du das eigentlich?« Mein düsterer Dämon stellt mir plötzlich solch eine Frage? Das kann nicht wahr sein.

»Warum willst, du Arsch, das wissen? Es interessiert dich doch sowieso nicht wirklich.«

»Es vereinigt dich mit den Deinigen, Leo.«

»WAS?« Danach ist Ruhe, eine Antwort bekomme ich nicht.

Am Krankenhaus angekommen parke ich meine Karre und fahre mit dem Aufzug in die vierte Etage. Die Intensivstation. Mit einem schmierigen Gesichtsausdruck steige ich aus dem Fahrstuhl und zünde mir noch eine selbstgedrehte Kippe an.

Mit weit aufgerissenen Augen guckt mich der erste Kollege an. Ich drücke die Kippe aus und ziehe den Zigarettenstummel an der Wand entlang. Dann schnipse ich sie einfach weg. Drei Minuten später sitze ich bei der Übergabe.

»Ich will heute keinen Fetten betreuen«, züngle ich scharf in die Runde meiner Arbeitskollegen.

»Es sind nicht alle fett, Leo.«

»Fick dich, du Hure«, blaffe ich zurück. Ich laufe aus der Kanzel und biege schnurstracks in die Damenumkleide ein.

Ich drehe mich um und glotze in die widerwärtige Visage meines Schichtleiters, der hinter mir hergerannt ist.

»Du bist bis auf Weiteres suspendiert, Leo. Ich spreche nachher mit der Pflegedienstleitung. Ich kann dich und dein Verhalten nicht mehr tragen. Solange du nur deine Arbeit machen würdest, wäre es mir scheißegal. Aber ich kann deine Äußerungen und dein Benehmen nicht mehr dulden. Ich weiß nicht, ob es die Tics sind oder ob dein Verhalten Absicht ist. Ich will es auch nicht mehr wissen. Geh nach Hause, Leo.«

Ich gucke ihn an und muss lachen. Ich lache wie eine verfluchte irre Hure. Er kann mein Verhalten nicht mehr tragen? Wenn der wüsste. Aber er hat nicht die leiseste Ahnung, dass ich die zwei Patienten über den Jordan befördert habe. Ich lache ihn aus, ziehe mich nicht um, schmeiße meine Klamotten in meinen Rucksack und fahre wieder heim. Meine Stationsleitung lächelt; ein verficktes arrogantes Lächeln zuckt zum Abschied in den Winkeln seines schäbigen Maules. Mir schießt das Adrenalin in die Birne. Ich könnte auch ihn umbringen. Seine doofe Fratze verändert sich für einen Moment zur Visage eines Wahnsinnigen. Das Adrenalin wird in immer stärkeren Fluten durch meinen verhurten Korpus gespült.

»Ich habe sie erlöst«, höre ich mich sagen ohne Luft zu holen, im vollen Bewusstsein. Mir ist klar, dass dies meine letzten Worte in diesem Krankenhaus sind. Meine beschissene Leitung zieht seine Augenbraue nach oben und guckt mich an wie ein doofer Arsch. Dann lacht er laut auf …

»Verschwinde von meiner Station! Du bist zu blöd, um dir selber die Schuhe zuzubinden.«

»Ich habe euch gefickt«, schreie ich noch und verlasse die Station und das Krankenhaus und schaue nicht ein einziges Mal zurück.

Kapitel 19

Kilian, the Boss

»Wir haben es mit großer Wahrscheinlichkeit mit einem Serienmörder zu tun, der Selbstjustiz betreibt«, sagt Kilian in die Runde seiner Arbeitskollegen. »Wir müssen einen Profiler kommen lassen. Das werden nicht seine letzten Morde gewesen sein … Und vor allem müssen wir, verdammte Scheiße noch mal, den Sohn der toten Frau finden. Ruft alle Krankenhäuser an und guckt ALLES noch mal durch … Vielleicht haben wir was übersehen. Wenn der Junge ihn gesehen hat, können wir ein Fahndungsbild erstellen.«

Kilian fühlt sich gestresst und reißt sein Maul nur zum Kreischen auf. Dass ihn seine Kollegen jetzt ätzend finden, weiß er.

Er will nach Hause zu seiner Moni und mit ihr einen schönen Abend verbringen. Moni ist aber leider auch sehr angespannt und vor allem niedergeschlagen. Sie distanziert sich momentan immer mehr von ihren Freundinnen Leo und Nele. Er ist der Einzige, der noch an sie heran kommt.

Mittlerweile ist es 22 Uhr. Ich fahre zu Moni, aber es ist schon sehr spät. Eigentlich habe ich ihr versprochen, dass ich heute früher nach Hause kommen würde. Vor ihrem Haus angekommen lasse ich den Motor noch etwas laufen. Ich überlege mir eine Entschuldigung. Ich frage mich, was ein normaler Mensch in solch einer Situation tun oder sagen würde. Empathie ist das, was normale Menschen besitzen, sie würden auf Moni reagieren und nicht auf das verfluchte Feuer in ihnen selbst.

»Oh«, sagt Moni, als ich hereinkomme, und guckt dabei auf ihre Uhr.

»Es tut mir leid, Moni, ich wollte nicht, dass es so spät wird, aber diese zwei Fälle deiner Freunde machen mich fertig.«

Moni hat Tränen in den Augen.

»Scheiße … ich wollte das nicht wieder aufwühlen, Schatz. Es tut mir leid.«

»Schon gut. Du musst ja deinen Job machen, und dass dich solche Fälle auch psychisch mitnehmen, ist normal. Seid ihr denn schon weiter gekommen?«

Es kostet mich eine große Überwindung, mit ihr frei und unbefangen über Henry und Karla zu reden. Denn eigentlich verstieß dies gegen die Regeln.

»Jetzt sind Henry und Karla tot und ich habe

das Gefühl, beide gar nicht richtig gekannt zu haben«, flüstert Moni vor sich hin. »Ich habe viel Zeit mit meinen Freunden verbracht und ich habe Angst, dass irgendetwas mit uns allen nicht stimmt! Vielleicht werden wir anderen auch noch umgebracht.« Moni guckt mich großen und angstvollen Augen an. Ich kann ihr die Angst nicht nehmen, denn ich habe selbst Angst, dass mit ihren Vergangenheiten etwas nicht stimmt und sich irgendein Typ mit voller Gier auf diese fünf Freunde schmeißt und sie nacheinander ermordet.

Mein einziger Hoffnungsschimmer ist, dass das mit Karla und Henry doch nur ein verfluchter Zufall ist. Aber jeder wird seine Geheimnisse haben. Vielleicht auch meine Moni!

Moni und ich machen uns noch was zu essen und gehen anschließend ins Bett. Schließlich muss ich morgen diese zwei irren Fälle weiter bearbeiten … Und ich muss auf Moni aufpassen, muss verhindern, dass sie sein nächstes Opfer wird.

Am nächsten Morgen haben wir den Jungen der ermordeten Frau endlich in einem Krankenhaus unserer Stadt ausfindig machen können. Ich fahre mit unserem Zeichner zu ihm, um ein Phantombild erstellen zu lassen.

Der Kleine heißt Oskar, ist sechs Jahre alt und spricht mit uns kein einziges Wort. Oskar guckt durch uns hindurch, vollkommen apathisch. Seine großen braunen Kulleraugen wirken leer, müde und traumatisiert. Mir ist klar, dass ihm starke Schmerzen zugefügt wurden – psychisch als auch physisch.

Es ist aussichtslos, und ich will den kleinen Kerl auch nicht weiter befragen und quälen. Wir fahren wieder zur Dienststelle zurück.

Leo

Es gibt keine Diskussionen, keine verfickten Gespräche. Karla ist tot und Henry auch. Zwei meiner besten Freunde. Marie hat mir endlich die Verschlüsselung des Codes gezeigt und mir geschildert, was über Henry mit seinem Blut an die Wand geschmiert wurde.

Sie hatten beide was zu verbergen! Karla war HIV-positiv und hat mit ihrer Fickerei und mit ihrer verfickten Verschwiegenheit wahrscheinlich zig andere angesteckt.

Henry, der tolle smarte Kinderarzt und mein bester Freund, war ein Pädophiler und fickte alles, was nicht bei drei auf den Bäumen war. Aber mit Vorliebe fickte er mit seinem verdammten Kinderarztpimmel kleine Jungs. Ich hätte doch von seiner Neigung und von Karlas Erkrankung etwas merken müssen, oder nicht? Warum hat Karla es uns nie erzählt? Und Henry auch nicht! Wir anderen hätten ihnen doch helfen können! ICH hätte ihnen helfen können … Tief in mir drin weiß ich aber auch, dass ich sie, hätte ich es gewusst, umgebracht hätte. Ich bin erstaunt über meine Gedanken, die sich in letzter Zeit sehr großflächig in meinem Hirn ausbreiten. Auch mein Dämon nimmt immer mehr Raum ein und quasselt einen Stuss, den ich absolut nicht verstehe. Fakt ist, ich kapiere momentan gar nichts!

Ich bin so zwanghaft, dass ich sogar überlege, ob ich mal was mit Karla hatte. Ich husche wie ein verdammter Geist durch meine Wohnung. Ständig muss ich an Karla denken.

Aber dann bin ich wieder klarer und mir todsicher: Ich hatte natürlich nie etwas mit Karla. Und Nele? Ich muss sie fragen.

Scheiße. So eine verdammte Scheiße. Meinen Job hab ich auch verloren. Ich will auch nicht mehr zurück ins Krankenhaus. Aber es gibt noch ungeklärte Fragen: Wie soll ich nun weiter Menschen erlösen? Wie meiner Sucht nach dem Morden ohne meinen Job nachkommen?

Dann fällt eine Idee wie eine reife Frucht

vom Baum. Ich werde einfach mit meinem verfickten Arsch zu Hause bleiben und mir andere Opfer suchen. Wie, das weiß ich noch nicht. Aber mein schwarzer Dämon wird mir schon dabei helfen … hoffe ich.

Aber ich muss bald mal mit Nele sprechen. Sie hat sich seit Karlas Tod nicht mehr gemeldet. Wusste sie eigentlich schon über Henry Bescheid? Ich muss Nele auch von meinen Zwängen und Tics erzählen. Sie waren in letzter Zeit so stark gewesen, dass ich manchmal eine richtige Tic-Entladung bekam und ich meinen verschissenen Körper und meine Bewegungen nicht mehr unter Kontrolle hatte.

Zudem liegt mir mein düsterer Dämon weiterhin unaufhörlich in den Ohren, ich solle endlich weiter morden. Sah so seine Hilfe aus? Das würde mich befreien und mich den meinigen immer näher bringen, säuselt er. Ich habe keinen Plan, was das heißen soll. Es ist mir aber auch erst mal egal.

Nele weiß bereits von Henrys brutaler Ermordung. Sie ist aber gar nicht so betroffen – oder ich merke es nicht. Oder sie kann ihre Trauer gut überspielen. Nele blockt ab; sie will nicht über die zwei Morde sprechen. Ich kann es nicht verstehen, lasse sie dann aber in Ruhe und gehe wieder nach Hause. Dieser zwischenmenschliche Scheiß ist eh nichts für mich, aber vielleicht hat Nele auch ein Geheimnis und hat dementsprechend Schiss vor der nächsten Tat des I-love-Bingo-Opas.

Es ist 17 Uhr und die ersten Sonnenstrahlen kommen durch. Der Winter ist Gott sei Dank bald vorbei. Ich kann die Kälte auch nicht mehr gut ab. Frühling komm endlich, denke ich, und fahre zu meiner Marie.

Kapitel 20

1987 Karl zu Rasoris feiert Weihnachten

21. Dezember 1987

Etliche Jahre sind vergangen. Mittlerweile schreiben wir das Jahr 1987 und ich bin sagenhafte 43 Jahre alt geworden. Ein Kannibale in seinen besten Jahren, der nach wie vor seiner Tradition mit großer Begierde folgt. Meine Familie ist geschrumpft, aber auch erweitert worden. Ilja zum Beispiel wurde ermordet. Es gab irgendwann plötzlich Gerüchte um einen anderen Klan, der ebenfalls Menschen tötete, aber aus anderen Beweggründen.

Dieses Gerücht stellte sich nach kurzer Zeit tatsächlich als die Wahrheit heraus, und für mich war es gleichzeitig der Zerfall meiner Kannibalenseele.

SIE NENNEN SICH DIE RUPPERTS! UND ES HEIßT, MEINE SCHWESTER LOTTE SEI EINE VON IHNEN GEWORDEN.

Aufgrund dessen bin ich unter uns Kannibalen nicht mehr so beliebt, aber meine Erscheinung wird trotz allem geduldet.

Ihren Ursprung haben die Rupperts wohl in Argentinien, dort lassen sie ihre Kinder zu

Killern ausbilden, und sind mittlerweile auch auf der ganzen Erdkugel verstreut, genauso wie wir. Sie jagen uns – DEN RASORIS-KLAN –, und wir jagen sie – DIE RUPPERTS. Unsere Ideale und Traditionen sind zu verschieden, als dass wir Freunde sein könnten. Die Rupperts haben uns wegen der Sache mit meiner Schwester sehr, sehr gedemütigt. Sie haben eine von uns zu der Ihren gemacht, und das konnte ich nicht einfach so durchgehen lassen.

Lotte hat mir in all den Jahren nur eine einzige Nachricht zukommen lassen. Ich solle nicht nach ihr und ihrem Mann suchen. Ich werde sie eh nicht finden! Sie werden mich finden, und wenn nicht sie, dann ihre Kinder!

Das waren ihre einzigen Worte. Aber ich wäre kein Rasoris, wenn ich nicht darauf scheißen würde. Heute ist der 21. Dezember 1987, und ich werde in unserem Viertel ein paar Einkäufe tätigen. Unser Kannibalenleben spielt sich nach wie vor im Untergrund vieler Städte ab. Und ich, Karl zu Rasoris, werde mich in den folgenden vier Tagen selbst belohnen – denn dieses Leben im Untergrund ist mit vielen Entbehrungen verbunden.

Ich laufe zielgerichtet zu unserem Fleischmarkt, der immer kurz vor Weihnachten stattfindet. Mein Magen knurrt, ich habe göttlichen Appetit und ich will mich an wehrlosem Menschenfleisch ergötzen.

Vor meinen Augen breitet sich mein Ziel aus. Der Fleischmarkt ist ein großer Platz voll mit Ständen und Menschen. Ich laufe ins Getümmel hinein, und direkt vor mir, einige Meter weiter, brennt ein großes loderndes Feuer. Über dem Feuer sind drei Spieße gelegt. An jedem dreht sich ein kleiner Körper. Ich bin verzückt! Von einem ist nur noch das Skelett geblieben, nur noch ein paar Fleischfetzen hängen an den Knochen. Der Körper daneben ist noch vollständig erhalten, allerdings wurde ihm bereits die Haut abgezogen. Den Bauch haben meine Kollegen geöffnet und die Eingeweide entfernt. Es gibt viele gute Zubereitungen und überhaupt Gerichte von Menschenfleisch, die nur uns vorbehalten sind.

Mir läuft das Wasser im Mund zusammen, ich spüre meine endlose Gier. Meine Augen hängen an den Spießen. Hinter der Feuerstelle stehen zwei halbwüchsige Rasoris-Jungen, die damit beschäftigt sind, die Spieße langsam zu drehen, sodass die Leiber daran schön gleichmäßig gebraten werden können. Ein kräftiger Rasoris macht sich an dem Spieß mit dem Skelett zu schaffen. Er entfernt es, wirft es auf einen Abfallhaufen und reinigt den Spieß von den Fleischresten. Währenddessen beobachte ich, wie ein weiterer pubertierender Rasoris dazu kommt und dem kräftigen Mann einen weiteren kleinen Körper auf den Tisch wirft. Der Halbwüchsige hält das Opfer gekonnt fest, sodass es sich nicht bewegen kann. Der Mann kommt hinzu und alles geht blitzschnell, so wie wir alle es gelernt haben. Er sticht mit einem langen Metzgermesser zu, direkt in die Brust. Ein Schrei voll von Angst und Schmerz. Doch schnell verstummt das Opfer. Mit einer einzigen schnellen Bewegung öffnet der Schlächter den Körper vom Hals bis zur Hüfte.

Jesus im Himmel, denke ich, was für eine Freude, das mit anzusehen. Meine Gier steigt ins Unermessliche; ich will einschreiten, ich will töten … ich will … ich will …

Doch es ist zu spät! Das Opfer muss nun ausbluten. Daher bleibe ich, wo ich bin … inmitten aller Kannibalen, und befriedige meine Gier damit, alles weiter zu beobachten. Als

Der Mann und der picklige Junge weiden den Körper aus. Alle Eingeweide werden achtlos auf die dreckige Straße geworfen, wo Magen, Darm, Lunge und Herz von streunenden Hunden weggeschleppt werden. Das Messer wandert zum Kopf und ebenso zu den Füßen und Händen. *Schneide sie ab*, denke ich, und der kräftige Typ macht es auch und wirft alles auf die Straße für die herumwütenden Köter. Zügig beginnt er den Körper zu häuten, und rasch tritt das helle saftige Fleisch hervor.

Der Junge bringt den Stab heran und der Körper wird aufgespießt. Wenig später dreht sich der frische Körper über dem Feuer und der Duft mischt sich mit dem knusprigeren Geruch der beiden anderen Braten.

Derweil hat es nicht an Käufern gemangelt. Wir Kannibalen flippen vor Freude fast aus! Alle scharren wir mit unseren Füßen, wie ausgehungerte Löwen, um ja etwas von dem Fleisch abzubekommen. Immer wieder bleiben andere Rasoris' neben den gut riechenden Körpern stehen, betrachten das Geschehen fachmännisch, und zeigen schließlich auf ein Stück, das ihnen der Halbwüchsige herausschneidet und höflich serviert. Zufrieden und kauend gehen sie davon, während der Junge stolz das Geld zählt, das er eingenommen hat.

Ich stehe wie hypnotisiert immer noch vor dem Feuer und starre auf das Geschehen. Wir sind schon eine tolle Familie, denke ich. Warum hat Lotte das nicht erkennen können? Ich liebe sie immer noch und kann den Gedanken, dass sie jetzt eine Ruppert ist, kaum aushalten.

Traurigkeit und Resignation fahren mir in die Gliedmaßen.

Die Zeit rast nur so an mir vorbei, die bratenden Leiber werden immer brauner, die Spieße leeren sich. Ich sehe eine Frau mit einem Baby vorbeigehen. Ich habe auch ein Baby, geht es mir durch mein Hirn. Ein gemeinsames mit Lotte. Ob sie es bekommen hat?

Meine Beine führen mich wahllos über den Fleischmarkt. Hin und wieder treffe ich jemanden, den ich kenne, unterhalte mich kurz und ziehe weiter meine Runden. Über dem Platz breitet sich der Duft der Braten immer noch und immer weiter aus. Dieser Rasoris-Metzger übertrumpft uns andere bei Weitem, auch wenn er dieselben Kenntnisse zur Zubereitung aus unserer Schule, ›Die Heilige Schrift der Kannibalen‹, hat wie wir anderen. Er ist ein Genie!

Die Zeit vergeht wie im Fluge, ich habe immer noch nichts gegessen und laufe weiter gierig auf dem Markt herum. Ich gucke hier und gucke da und sehe ausschließlich funkelnde Kannibalenaugen. Es ist dunkel geworden, doch das belebt das Geschäft noch mehr. Ich bemerke, wie der Rasoris-Metzger noch einmal sein Feuer vergrößert und einen vierten

Spieß holt. Er zieht ein neues Opfer hinter sich her; dieses wird aber nicht geschlachtet, sondern lebend auf dem blutigen Fleischertisch festgebunden. Ich weiß, was jetzt kommt, und genau DAS ist Meins. Wir Kunden schauen uns den Körper gut an und markieren dann ein Stück auf seiner Haut in roter Farbe. Dies sind unsere Vorbestellungen und wir warten darauf, dass wir ein Zeichen bekommen, um das markierte Stück Fleisch aus dem noch lebenden Opfer herausreißen zu dürfen. Dann endlich … Der Metzger gibt uns das Zeichen. Wie ein Rudel ausgehungerter Wölfe machen wir uns über den Körper her … Es ist großartig!

Schweigend und gesättigt gehe ich irgendwann nach Hause und bin in Gedanken schon bei morgen. Der Fleischermarkt geht nämlich noch bis zum 24. Dezember …

22. Dezember 1987

Es ist der zweite Tag unseres weihnachtlichen Fleischmarktes. Der Markt ist eine Tradition bei uns Kannibalen und findet jedes Jahr bis zum Heiligen Abend statt. Nachdem mein Freund Ilja von einem Ruppert ermordet wurde und das mit meiner Schwester rauskam, bin ich zu einem Einzelgänger geworden. Mir wird dennoch ein kleines Zimmer in unserem Putanerviertel gestattet und ich werde weitestgehend in Ruhe gelassen. Zuerst war ich als zwielichtiger Bruder von Lotte verschrien. Meine Familie vertraute mir aber wieder schnell, als sie sahen, mit welcher Wolllust ich weiter tötete und Menschenfleisch fraß.

Jetzt steht aber erstmal Weihnachten vor der Tür und ich besinne mich voll und ganz auf unseren Markt.

Der diesjährige Fleischmarkt ist für mich eine wirklich sagenhafte Attraktion. Bemerkenswert ist auch, dass die Rasoris-Klan-Mitglieder scheinbar aus allen Teilen der Welt kommen. Ich bin sehr begeistert und gehe gleich am frühen Morgen wieder hin.

Auf dem Weg dorthin kommt mir schon nach wenigen Minuten eine Frau entgegen, die einen großen braunen Topf auf ihrem Kopf trägt. Dieser ist voll mit Reis und ein Stück eines kleinen Körpers schaut heraus. Ich merke schnell, dass auch andere Rasoris' am liebsten junges Fleisch essen. Es ist vor allem dieses zarte, weiche Fleisch, das uns zu Bestien macht.

Dann taucht eine Frau auf, die ein kleines Wägelchen hinter sich herzieht. Kartoffeln und ein gelb angemaltes Mädchen liegen auf dem Wagen. Die Kleine ist an Beinen und Armen festgebunden. Ich erkenne diesen Brauch unseres Klans: Wenn jemand große Portionen an Lebensmitteln kaufen möchte, wie Kartoffeln oder Reis, ist es ÜBLICH, demjenigen das Kind als FLEISCHBEILAGE mitzugeben. Ich überlege kurz, ob ich den Reistopf kaufen soll. Es wäre praktisch, dann muss ich heute nicht noch weiter auf Essenssuche gehen. Ich werfe einen letzten Blick darauf und entscheide mich dagegen.

Meine Sucht, das Leid der Opfer zu betrachten, lässt mich weiter über den Markt schlendern. Ich komme erneut an dem Schlächter von gestern vorbei. Der Metzger erkennt mich und nickt mir freundlich zu. Ich gehe aber an ihm vorbei und laufe weiter ins Innere des Marktes, um zu sehen, was es heute sonst noch gibt. Dann stoße ich auf einen Rasoris-Händler aus Frankreich. Er verkauft eine grobe Gemüsesuppe, in der Arme und Beine schwimmen. Die dazugehörigen Körper schmoren in einem anderen, daneben stehenden Topf. Immer wieder sprechen mich Händler aus den verschiedensten Ländern an und wollen mir was verkaufen. Es ist aber noch nicht das Richtige dabei.

Mein Weg führt mich zu dem angrenzenden Fluss, der unseren Markt begrenzt. Hier stehen all die Lager der Händler und unzählige Körper hängen an Bäumen, Brücken oder irgendwelchen Stangen ins Wasser hinein. Es gucken immer nur ihre Köpfe heraus. Ich weiß, was das zu bedeuten hat. Ein anderer Brauch. Das FLEISCH muss vor der Tötung ein bis drei Tage im Wasser einweichen, damit es noch zarter und bekömmlicher für uns wird. Ich fange an zu träumen und meine Gier steigt wiederum. Wenn Lotte das jetzt sehen könnte, könnte sie sich bestimmt nicht zurückhalten. Sie ist doch eine von uns!

»Entschuldigung, darf ich einmal kurz vorbei?«, höre ich plötzlich eine tiefe Männerstimme.

»Ja, natürlich«, antworte ich und gucke in zwei unglaublich schwarze Augen. Solch eine Augenfarbe habe ich noch bei keinem Rasoris gesehen, denke ich überrascht, widme mich aber schnell wieder meinem hungrigen Magen und kaufe mir bei irgendeinem Händler ein saftiges Stück Fleisch, das auf einem Grill brutzelt.

23. Dezember 1987

Der 23. Dezember ist immer der Tag, an dem besonders Restaurants ihre köstlichen Speisen anpreisen. Ich statte einem Stand aus Bulgarien einen Besuch ab. Diese Rasoris' besitzen ein Restaurant in Sofia, so steht es zumindest auf ihren Schildern. Es liegen eine große Auswahl von Speisekarten bereit und ich schnappe mir eine davon.

Speisekarte a la Rasoris

Gebratenes Kleinkind, ungeschnitten

Gebackene Kinderschenkel

Gebratene Kinderlende in Weinsoße

L'Enfant en Papillote – ganzes Kleinkind, im Beutel zart gegrillt

Kleingehackter Säugling in herzhafter, würziger Bratensoße gekocht, an frischem Gemüse

Cordon Bleu – Kindsbrust gefüllt mit Kräuterkäse und aufgeschnittenem Babyschinken, ohne Knochen

Bissfertige Säuglingsstückchen in kräftiger Fleischbrühe

Fetus Benedict – Gequirlter Fötus auf Gewürzbrot, mit Käse und feiner weißer Soße serviert

Fetus Foster – Babyglieder geschmort in Zimt, braunem Zucker, Butter und Bananensaft

Baby Split – gebratener Säuglingsarm garniert mit Schoko-, Vanille- und Bananeneis, Sahne, Nüssen und Kirschen

Baby Bars – geröstete Babyfinger und -zehen

Sonderwünsche sind erwünscht!

Bitte wenden Sie sich an unseren Küchenchef.

Ich überlege, was ich probieren könnte. Mein Blick wandert über die Menschenmenge auf dem Marktplatz und ich bleibe unerwartet zum zweiten Male an diesen schwarzen Augen hängen. Der Typ steht ungefähr zehn bis fünfzehn Meter von mir entfernt und gafft mich ebenfalls starr an. *Wer ist das?* Schlagartig wendet er seinen Blick ab und nimmt eine

Frau in seine Arme.

Menschenmassen durchqueren meinen Fokus. Ich kann ihnen nicht mehr richtig mit meinen Blicken folgen. *Wer ist diese Frau?* Ich kann nur noch erkennen, dass sie blond ist. WAR DAS ETWA LOTTE, MEINE SCHWESTER?

Ich drängle mich durch das Volk, um ihnen folgen zu können, aber so schnell wie sie aufgetaucht waren, sind sie auch wieder verschwunden. Ich sträube mich erst, den Gedanken anzunehmen, meine Schwester und ihren Mann hier zu treffen. Doch was ist, wenn sie zu mir zurück will und vielleicht nicht die Möglichkeit hat? Und ein Ruppert kann mit solchen Augen doch nicht unbemerkt und unbekümmert hier unter tausenden Kannibalen verweilen. Das ist nicht möglich! Warum fällt er sonst niemandem auf? Die anderen mussten doch erkennen, dass er keiner von uns ist …

Verwirrt verschwinde ich auf mein Zimmer und träume von meiner bezaubernden Schwester Lotte zu Rasoris und bin dann doch davon überzeugt, mich getäuscht zu haben.

Aber diese schwarzen Augen … Ich sehe sie noch so lange vor mir, bis die Meinigen sich meiner Müdigkeit ergeben.

24. Dezember 1987, Heiligabend

Genauso verstört, wie ich gestern Abend ins Bett gegangen bin, wache ich auch wieder auf. Meine Gedanken an Lotte von gestern Abend sind mir immer noch sehr präsent, aber ich muss an unseren traditionellen Gottesdienst denken. Er ist sehr wichtig für uns Rasoris'; mit ihm beenden wir unser Kannibalen-Jahr. Über Lotte kann ich mir später noch Gedanken machen.

In unserer Kathedrale der ›Heiligen Schrift der Kannibalen‹ steht schon eine Reihe von Rasoris-Männern, die alle eine lange Stange zwischen ihren Beinen tragen, an denen jeweils ein halbes Dutzend Leiber aufgehängt sind. Wir sprechen unser Gebet, die Heilige Schrift der Rasoris'; danach wird nicht lange gezögert. Die Menschen werden geopfert. Dann beginnt unser Festmahl. Die Fleischstücke werden aufgespießt und über ein Feuer geröstet.

Wir fangen an Löcher in die Erde zu graben, für Erdöfen. In das Loch werden glühend heiße Steine gelegt, dann kommt nach einer dünnen Schicht von Blättern, Grünzeug und Kräutern, die unterste Fleischlage. Darauf werden weitere heiße Steine gelcgt, wiederum durch Grünzeug getrennt, um das Fleisch zu schonen und es zugleich würziger zu machen. Das Ganze wiederholen wir meist zwei oder drei Mal, bis das Loch voll ist. Dutzende Opfer sind am Ende jeden Jahres in diese Öfen gewandert; einige von ihnen sogar lebendig. Wir, die Rasoris, schwärmen von dieser Methode. Das Fleisch braucht zwar länger, aber es wird unvergleichlich zart und delikat.

Ich genieße dieses wunderbare Fleisch in vollen Zügen. Es dauert nicht lange, da halte ich nur noch Reste in meinen Händen. Mit diesen mache ich mich auf den Weg nach Hause. Ich will mich, so vollgefressen wie ich bin, nur noch ins Bett legen und den wunderbaren Geschmack auf meiner Zunge spüren.

In den darauf folgenden Tagen befinde ich mich die meiste Zeit in meinem kleinen Zimmer und es scheint wieder alles normal zu sein. Mein Tagesablauf beinhaltet, mir meine Mahlzeiten im Putanerviertel auszusuchen, zu töten und zu fressen. Ich spreche kaum noch mit anderen Rasoris-Familienmitgliedern und bin die meiste Zeit allein. Auch die Vision, meine Schwester gesehen zu haben, hatte ich seit dem Fleischmarkt nicht mehr. Es war wahrscheinlich nur ein Traum, das versuche ich mir zumindest einzureden. Denn eigentlich fühlt sich die Erinnerung so real an. Natürlich träume ich nach wie vor schon mal von meiner Schwester, aber diesmal war es anders. Was ich aber immer wieder sehe, sind diese pechschwarzen Augen. Sie tauchen auf und verschwinden plötzlich. Ganz langsam schleichen sich eine Angst und eine Verwirrtheit bei mir ein, die ich so überhaupt nicht kenne. Jedes Mal, wenn ich mich in meinem Zimmer umsehe, stehen meine Möbel woanders. Manchmal werde ich auch von vier Leuten, die auf meinem Bett sitzen, angesehen. Es sind immer die drei gleichen Männer und eine Frau – UND ZWAR LOTTE! Einer der Männer hat diese Augen, diese unglaublich schwarzen Augen. Ich kenne die Männer nicht, aber meine Schwester sagt mir, dass sie mich umbringen wollen. Es ist ein Albtraum! Oder kann ich die Realität nicht mehr erkennen?

Lotte macht mich jedes Mal verbal so nieder, dass ich erschrecke. Ich kenne das so nicht von ihr. Sie sagt, sie müssen mich wahrscheinlich töten … Für das, was ich ihr angetan habe. An einem anderen Tag steht ein Mann in einer Ecke meines Zimmers und sieht mich ununterbrochen an. Ein anderer Mann lacht mich gehässig aus, und der dritte Mann will mich in den absoluten Wahnsinn treiben, indem er immer wieder Lieder vom Tod singt. Im Hintergrund höre ich eine Schallplatte spielen, die sich immer schneller dreht und immer lauter wird. Ich werde irre, versuche mir die Ohren zuzuhalten, aber dann springt SIE mich an, wirft mich irgendwie aufs Bett und fängt an, mich zu würgen. Dann plötzlich ein Cut! Ich liege auf meinem Bett und meine eigenen Hände umfassen meinen Hals. Habe ich mich gerade etwa selbst gewürgt? Ich schließe erleichtert meine Augen, atme beruhigt auf, und es fängt erneut an. Die drei Männer und meine Schwester sind wieder in meinem Zimmer, ich fange an zu zittern und ihre Stimmen verzerren sich. Es wirkt alles so verschwommen, und Lotte macht mir klar, dass sie mich töten will, weil sie meine Seele brauche. Die Angst macht mich ganz starr und treibt mich in den Wahnsinn. Ich werde in Sekundenbruchteilen immer wieder an andere Orte geschleudert, höre die Stimmen der Männer durcheinander reden und werde überallhin von ihnen verfolgt. Blitzartig wieder ein Cut! Neben mir steht meine weinende Schwester, die mir sagt, dass dies alles nicht passieren würde, wenn ich sie nicht so schlimm behandelt hätte. Ich sehe vor meinem geistigen Auge noch einmal all die Vergewaltigungen. Ich erlebe alles aufs Neue und weine schrecklich. Es tut mir so leid, und ich bitte

Lotte um Vergebung. Doch ich höre sie nur sagen: »Das alles ist tatsächlich die Wirklichkeit, Karl.«

Dann wird alles schwarz.

Ich wache in einer unbekannten Wohnung auf und merke schnell, dass ich nackt und gefesselt auf einem Tisch liege. Etliche Menschen stehen um mich herum, dann kommen diese pechschwarzen Augen auf mich zu und beugen sich zu mir hinunter. Er stellt mich vor die Wahl. »Du kannst immer so weiter leben und unschuldige Menschen töten und fressen oder aber du wirst dein Leben VERSTÜMMELT bei uns, bei deiner Schwester … uns Rupperts weiterführen. Deine Schwester erweist dir Gnade!«

Ich flehe Lotte, die in einer dunklen Ecke des Raumes steht an, sie solle mich bitte töten lassen.

»So habe ich dich noch nie gesehen, Karl. Hast du Angst?«

»Ja, habe ich«, es gelingt mir aber vor lauter Angst nicht, still liegen zu bleiben. Mein Körper bebt, dann sehe ich, wie Lotte den Mann mit den schwarzen Augen innig küsst.

»Kastriert ihn!«, höre ich Lotte sagen.

»NEIN, NEIN, NEIN, NEIN, NEEEE-

EIIIINNNN! DAS KÖNNT IHR MIR NICHT ANTUN!«

Lotte verlässt den Raum und ich spüre einen Schmerz im Genitalbereich, wie ich ihn noch nie zuvor erlebt habe und ergebe mich hilflos meiner immer näher kommenden Ohnmacht.

Kapitel 21

Acht Wochen später …

Mittlerweile sind acht Wochen vergangen. Ich, Leo, habe um meine zwei Freunde Karla und Henry unheimlich getrauert, gehe aber wieder arbeiten; und zwar arbeite ich jetzt mit Nele zusammen in der Psychiatrie. Ich wollte nicht mehr auf einer Intensivstation arbeiten. Mit meinen Zwängen und meinen Tics, denke ich, bin ich in einer Klapse vielleicht besser aufgehoben. Nele und ich arbeiten fortan zusammen auf einer geschlossenen Station. Anfänglich hatte ich Schwierigkeiten mit den Patienten. In der Psychiatrie wird viel geredet, geredet und nochmals geredet. Ich fühle mich dort ganz gut aufgehoben, nur dieses zwischenmenschliche Gedöns und Gequatsche liegt mir nicht so gut. Das ist das einzige Problem, was ich auf der Arbeit habe. Aber ich gucke mir viel bei Nele ab; was man in gewissen Situationen zu den Patienten sagt und mit ihnen machen muss. Ich bin jetzt auch anders mit neuen Tabletten eingestellt worden, sodass meine Tics nicht mehr ganz so stark hervorbrechen und mich überfluten können. Wichtig für mich ist, dass ich meine Tics so wenig wie möglich mitbekomme und ich diese besser unter Kontrolle halten kann.

Mein düsterer Dämon ist auch wieder vor Ort. Mehr will ich nicht dazu sagen …

Ich habe mir neue Tattoos stechen lassen und bin immer noch sehr in Marie verliebt. Marie wollte bereits mit mir zusammenziehen, aber ich bin noch nicht so weit. Ich habe einfach immer wieder aufs Neue das Gefühl, dass ich mit irgendeiner Sache noch nicht fertig bin.

Nele hatte eine Affäre innerhalb dieser acht Wochen; sie fing was mit einer Patientin von einer anderen Station an. Wie gesagt, es hielt auch nur für kurze Zeit, und seitdem ist Nele wieder Single und taucht regelmäßig in der Berliner-Lesben-Szene ab.

Moni und Kilian sind immer noch ein Paar und sehr glücklich. Sie wohnen jetzt zusammen, und Moni geht ihrem Alltag in der Schule mit den Mistblagen nach. Kilian ist bei den zwei Morden an Karla und Henry immer noch nicht weiter gekommen.

Es sieht so aus, als würde der Bingo-Opa eine Pause einlegen. Nach Henrys Tod sind bislang keine weiteren Morde passiert, zumindest keine, die seine Unterschrift trugen. Trotzdem laufen die Untersuchungen weiter, sagt Marie, aber sie tappen total im Dunkeln … wie in einem Haufen endlos schmieriger Scheiße.

Wir fünf Wahnsinnigen sind seit den Morden irgendwie enger zusammen gewachsen.

Der Frühling ist in großen Schritten gekommen, und ich liebe es, mit Marie meine Freizeit zu verbringen. Die schöne warme Luft lässt unsere Leidenschaft noch stärker werden. Eigentlich sind wir voller Glückseligkeit.

Doch meine Gedanken schweifen nach wie vor oft ins Dunkle ab und ich habe manchmal das Gefühl durchzudrehen. Bislang konnte ich mich immer wieder fangen. Das habe ich aber meiner Marie und den anderen zu verdanken.

Mein düsterer Dämon stachelt mich ununterbrochen weiter an, und meine Gehirnzellen verlieren sich in einem Schweif aus Mordlust und Machtgelüsten. Keiner weiß etwas von meinem starken Drang, anderen Menschen etwas anzutun, und dieser Drang wird immer größer, stärker und machtvoller.

Es ist 1 Uhr nachts. Marie schläft heute bei sich zu Hause. Ich wollte es so. Es ist eine angenehme warme Frühlingsnacht und ich stehe auf meinem kleinen französischen Balkon und beobachte die Menschen, die durch diese wundervolle Nacht laufen. Morgen ist Freitag und es sind noch viele Menschen unterwegs, stelle ich fest. Ich beschließe auch noch etwas hinauszugehen, um diese schöne Nacht zu genießen. Schließlich habe ich morgen und übermorgen frei und kann in dieser Nacht tun und lassen was ich WILL.

Ich greife nach meinem Handy und schreibe Marie eine letzte Sms.

Ich liebe Dich. Schlaf schön.
Deine Leo

Wie selbstverständlich packe ich meinen Rucksack mit gewissen Utensilien. Mein düsterer Dämon gibt mir exakte Anweisungen, was ich alles mitnehmen soll und ich gehorche ihm. Ich tice ein bisschen vor Erregung und fahre dann mit dem Rad in die warme dunkle Nacht. Hoffentlich vergesse ich meinen Codex nicht wieder, wie damals bei Herrn 8. Irgendwer hat mich gelehrt, nur Menschen zu erlösen! *Erlösen!* Mittlerweile hat sich aber der Gedanke, dass ich auch Kreaturen töten darf oder muss, die es verdient haben zu sterben, in meinem Kopf sehr stark festgesetzt, sodass ich jetzt auch diesem Ziel hoffnungsvoll und gierig hinterher jage. Aber es werden keine unschuldigen Kreaturen ermordet. Wer mir das in mein beschissenes Hirn eingebrannt hat, weiß ich nicht! Ich weiß nur, dass das der Codex ist, der mir jahrelang verinnerlicht wurde. *Aber von wem?*

Vielleicht sollte ich auch mal eine Therapie machen, um genau das herauszufinden. Eigentlich weiß ich fast gar nichts über meine Vergangenheit. Ist auch scheiß egal jetzt. Ich werde den Codex nie wieder brechen. Das ist mir klar!

Ich fahre mit meinem Fahrrad eine halbe Stunde einfach nur umher und gucke mir die ganzen Vollpfosten an, die mir entgegen kommen. Das Erlösen im Krankenhaus war einfacher, aber mein Korpus verzerrt sich nach einem Todesakt an einer göttlichen Kreatur, die selbst etwas Ungeheuerliches getan hat.

Mein schwarzer Dämon führt mich und stößt mir ständig die gleichen Worte ins Ohr: »Fahr hier entlang, mein Baby.«

Ich fahre und fahre, bis ich an ein abgelegenes Zweifamilienhaus, das etwas außerhalb der Stadt steht, ankomme. Ich bin nervös und halte mich am Lenker meines Fahrrads fest. Im Haus brennt Licht, ich bleibe stehen und gucke durch die Fenster im Erdgeschoss. Ich schleiche mich zur Haustüre und stelle fest, dass doch nur eine Familie in diesem unheimlich großen Haus lebt. An der Klingel steht lediglich der Name ›Gutknecht‹.

Der düstere Dämon hat mich nicht ohne Grund hierher geführt, geht es mir durch mein krankes Gehirn.

Ich beobachte eine dreiköpfige Familie. Mutter, Vater, Kind und sogar ein Hund. Und nicht irgendeinen: eine wahrhaft groß gewachsene Dogge. Das Kind, ein ungefähr 10-jähriges Mädchen, tobt im Wohnzimmer mit der riesigen Dogge umher. Ich muss mich erneut zusammenreißen, bin total aufgeregt, merke wie meine Tics in mir aufsteigen und schlucke vorsichtshalber noch eine weitere Tablette.

Nach einiger Zeit werde ich ruhiger und merke die Wirkung.

Die Wirkung des Medikaments reißt mich aus meiner Traumwelt und ich beobachte die Familie weiter. Ich frage mich, warum das Mädchen um diese Zeit noch auf ist und nicht selig in ihrem Bettchen mit rosa Bettwäsche liegt? Die Mutter wirkt nervös und angespannt; der Vater ist gerade nicht im Zimmer. Ich frage mich, warum mein düsterer Dämon mich ausgerechnet hierher geführt hat.

Konzentriert sehe ich weiter durch das große Wohnzimmerfenster und versuche, jede Einzelheit zu erfassen. Die beschissenen beigefarbenen Vorhänge lassen die Wirklichkeit hinter dem Glas irgendwie merkwürdig aussehen.

Der Vater kommt plötzlich rein und ruckartig hört das Getobe des Mädchens und der Dogge auf. Auch die Mutter steht fortan kerzengerade im Zimmer.

Die Nachtluft schmeckt feucht, doch ich versuche, mich ganz auf die Situation zu konzentrieren. Ich werde schließlich nicht ohne Grund hier sein.

Der Vater spricht. Was, weiß ich nicht. Das kleine Mädchen setzt sich auf die Couch und die Mutter steht neben der andächtig wirkenden, kraftstrotzenden Dogge mitten im Wohnzimmer. Der Mann – vielleicht ist es gar nicht der Vater des Kindes, überlege ich.

Der Mann sagt erneut etwas, die Frau und das Mädchen fangen an zu weinen. Ich kann es, verdammte Scheiße, nicht verstehen. Die Frau beginnt sich auszuziehen.

Ich bin starr vor Schreck … Aber ich weiß jetzt, warum ich, Leo F., hierher geführt wurde.

»Guck es dir genau an, Leo!«, höre ich die raue Stimme meines Dämons flüstern.

Die Frau schmeißt ein Kleidungsstück nach dem anderen auf den Boden; sie hat eine wirklich gute Figur. Der Typ steht wie ein dreckiges Arschloch von Oberfeldwebel vor ihr und scheint, ihr Anweisungen zu geben. Das Mädchen weint noch stärker und vergräbt ihr Gesicht in ihre kleinen Mädchenhände. Ich muss ziemlich laut ticen … ich grunze …

Ich bin zu laut, der Mann hat mich gehört. Er guckt angestrengt durch das große Fenster. Er erfasst jede Kleinigkeit.

Ich stehe in geduckter Haltung unter dem großen Wohnzimmerfenster, aber es passiert nichts und ich höre auch nichts. Ich wage mich wieder vor und glotze erneut durchs Fenster, um ein Szenario zu beobachten, das ich besser nie hätte sehen sollen. Was für ein Abgrund!

Die Mutter ist nackt, ihre Haut ist dezent gebräunt. Nach einer Anweisung vom fetten Vater begräbt die Dogge die Mutter unter sich. Der muskelbepackte Rüde springt die Frau an; sie stürzt zu Boden und es läuft alles ab wie in einem ganz schlechten Film. Die Dogge stürzt sich auf die arme Frau und keilt sie mit seinen Vorderläufen wie eine unglückliche Hündin ein. Ihr Körper wirkt verloren und sie presst ihre Visage auf die Bodenfliesen.

Mein Magen dreht sich um, denn ich ahne, was kommen wird. Für den Mann scheint dieses Bild allerdings eine wunderbare Anregung zu sein. Auch das Tier ist sichtlich erregt und seine starken Muskeln spannen sich ruckartig an. Seine Sehnen zittern. Der scheiß Köter hechelt stark und seine schlabberige Zunge hängt schlaff aus seinem verschissenem Maul und berührt dabei Hals und Rücken der Mutter.

Ich stehe starr wie eine Statue hinter dem Fenster und muss mich übergeben.

Als ich wieder hinsehen kann, ist die Perversion in vollem Gange, der Vater filmt die Szene. Er schreit seine Tochter an, die mittlerweile tränenaufgelöst auf der Couch liegt.

Dann kreischt sie so laut, dass sogar ich es hören kann und erhält als Antwort derbe Schläge in den Bauch. Das Mädchen ist sofort bewusstlos.

Der Köter macht immer weiter, der Vater lacht laut auf … Auch das höre ich. Es scheint zu Ende zu gehen …

Das Gesicht der Frau ist nun ekelverzerrt und leer. Ich muss mich erneut übergeben und laufe einen halben Kilometer vom Haus weg. Meine Stimmbänder beben und ich schreie mir die Seele aus meinem verschissenen Leib.

Oh Gott, denke ich. Das kann alles nicht wahr sein! Wie krank sind die Menschen auf dieser Welt eigentlich?

Ich sammele mich und jogge zurück zum

Haus. Blitzartig bin ich mit all meinen Sinnen und Kräften da. Konzentriert und mit dem Wissen, was ich nun zu tun habe, erschrecke ich kurz vor mir selbst. Aber es gibt kein Zurück mehr …

Ich schelle und verstecke mich. Mal sehen, wie mutig der ach so tolle Vater wirklich ist.

Ich schelle nochmals, warte kurz, renne dann erneut weg und verstecke mich hinter einem parkenden Auto. Ich höre Stimmen, ein Weinen und ein Bellen aus dem Haus.

Ich beobachte, wie der Hurenbock von Vater nun die Eingangstür aufmacht und nach draußen schaut. Er scheint verwundert zu sein, das keiner da ist. Dieses Spielchen mache ich achtmal.

Mittlerweile scheint er nervös zu werden. Er sieht aus wie ein Gorilla und schreit plötzlich in die dunkle warme Nacht hinein: »Wer ist da, zum Teufel noch mal?«

Der Teufel bist wohl du, du Hackfresse, denke ich und finde hinter einem Auto eine schöne große Stange. Sieht aus wie eine Teleskopstange … egal. Ich schleiche mich erneut zum Haus, höre Schritte hinter mir. Ich drehe mich um, aber da ist keiner. Mein Körper beruhigt sich, ich laufe zur Tür und schelle. Der Gorilla reißt die Tür auf und ich schlage diesem Penner ruckartig die Stange in die Fresse, sodass ich sofort ein schäbiges Knacken des Kiefers höre. Ich schlage nur einmal zu. Das reicht!

Auf dem Weg zum Wohnzimmer kommt mir der riesige Rüde entgegen. Er steht in seiner ganzen Pracht vor mir und beeindruckt mich sehr. Der Rüde bellt nicht, er knurrt mich auch nicht an. Aber ich habe Angst, ich geh in die Knie und strecke ihm meine Hand entgegen. Mein Hirn schlägt Purzelbäume. Was mache ich nur mit diesem verfickten Köter? Ich hab auch keine Zeit, großartig zu überlegen, es muss schnell gehen. Soll ich ihn töten?

»GEH BEISEITE«, höre ich plötzlich jemanden sagen. Im selben Moment höre ich einen Knall und der Hund fällt tot um. Der exakt platzierte Schuss trifft den Rüden genau zwischen die Augen. Sein riesiger Schädel platzt auf und faltet sich zusammen wie eine weiche Frucht, der man einen harten Fausthieb verpasst hat. Die Wand hat plötzlich eine neue Farbe, sieht aus wie ein Kunstwerk, bespritzt mit Hirnmasse und Blut.

Stille kehrt ein. Ich drehe mich um und sehe einen Typen hinter mir stehen mit einer Maske und einer I-love-Bingo-Mütze. Die Waffe in seiner Hand zittert, dann dreht er sich um und ich höre ein Weitentferntes: »Bring es zu Ende, Leo!« Er wirft mir seine Waffe zu.

Unsere Blicke treffen sich kurz, sind aber ungeheuer intensiv, dann dreht er sich um und rennt davon.

Ich bin bis ins Mark erschüttert. Wie in Trance ziehe ich mir ein Paar Latexhandschuhe über und stecke mir die Waffe in den Hosenbund.

»Heilige Mutter Gottes!«, sage ich, schüttele mich einmal und laufe schnurstracks ins Wohnzimmer, in der Hoffnung, die Mutter und das Kind anzutreffen. Aber sie sind weg! Scheiße! Holen die etwa die Bullen? Oder haben sie sich im Haus versteckt? Ich muss den Hurenbock mitnehmen; aber wie? Er MUSS schließlich sterben. Beeilung ist angesagt; ich hole meinen Rucksack und hole zwei vorbereitete Spritzen hervor. Wie von Sinnen höre ich die Stimme meines düsteren Dämons: »Leo, laufe durchs Haus! Die beiden haben sich versteckt.«

Ich renne von Zimmer zu Zimmer … in den Keller … in die Bäder. Nichts! Ich renne eine steile Treppe zum Dachboden hinauf. Die Türe ist verschlossen; ich trete gekonnt mit einem Frontkick dagegen; sie springt auf und zwei weitaufgerissene, mit Todesangst gefüllte Augen gucken mich aus der Dunkelheit an. Das Licht bleibt aus, sie sollen mich schließlich nicht sehen. Ich spreche auch nicht, springe auf sie zu und steche zuerst der Mutter, dann der Tochter die Spritze mit Dormicum in den Hals.

Sie schlafen sofort ein! Ich lasse sie auf dem Dachboden liegen; sie werden einige Zeit benötigen, um wieder zu sich zu kommen. Das heißt für mich, ich kann das alte Schwein unten in Ruhe zur Rechenschaft ziehen. Ich atme erleichtert auf und tice so laut ich kann.

Der Flur unten ist leer, als ich wieder herunter gelaufen komme. Das kann jetzt nicht wahr sein! Der Hurensohn ist zu sich gekommen und abgehauen. Aber nein! Ich bin mir sicher, dass er noch im Haus ist. Mein Verstand droht auszusetzen. So habe ich mir die ganze Sache nicht vorgestellt. Im Krankenhaus war alles wesentlich einfacher, aber ich wollte es ja so. Ich MUSS solche Viecher töten!

»Also reiß dich zusammen, Leo, und beginn dein erstes Katz- und Maus-Spiel mit einem sehr kranken Mann«, schreit mich mein schwarzer Dämon an.

Ich schleiche erneut durchs verfickte Haus auf der Suche nach einem Mann, der seinen Köter darauf abrichtet, seine Frau zu besteigen. Ich werde Rache nehmen, denn seit Beginn der Menschheit hat sich die Rache in ihrer Vollkommenheit gehalten. Sie ist so simpel und verständlich. Es gibt hier und jetzt nur einen Gewinner und einen Verlierer.

Ich finde den Drecksack im Schlafzimmer im Schrank. Wie lächerlich, denke ich, und gehe blitzschnell und ruckartig in die Knie. Der Schwanzlutscher will mich mit der Teleskopstange erschlagen. Wie gut, dass ich schon so lange Kampfsport mache und eine gute Reaktion besitze. Blitzschnell greife ich zur Waffe. Dann ein Schuss. Ich habe dem Sackgesicht die rechte Kniescheibe weggeschossen. Sein Gejaule schallt durch den Raum, vorsichtshalber donnere ich ihm aber auch noch eine Kugel in den linken Oberschenkel.

Der Bock und ich sitzen zusammen in der Küche am Tisch. Ich ganz gemütlich und entspannt, der Wichser gefesselt mit zwei stark blutenden Wunden.

»Was willst du?«, nuschelt er mir mit gebrochenem Kiefer entgegen.

Ich glaub, ich höre nicht richtig. Hat der Ficker mich das jetzt tatsächlich gefragt?

»Du doofe Sau, muss ich dir das wirklich

erklären? Du spielst hier den großen Porno-Sodomie-Regisseur … Heute werde ich mal die Regie führen in unserem ganz privaten Film, du dummer Lappen. Ich hab auch schon mal deine Cam geholt, mein Lieber.«

Er schielt abwechselnd zu mir, zur Kamera und auf die Waffe, die ich immer noch in der Hand halte. Seine abartige Fresse wird rot; ich hole aus und prügle dem Arsch den Lauf der Knarre an die Schläfe. Sie knackt auf wie eine Konservenbüchse. Er fängt an zu zucken und zu sabbern. Ich schlage weiter, immer mit der Waffe an den Kopf, bis er an allen Ecken und Enden aufplatzt; Knochensplitter springen heraus. Seine verwichsten Augen sehen aus wie kleine Bälle aus Gelee. Ich bin richtig in Fahrt und picke den Knarrenlauf in sein linkes Auge und drücke erneut ab. Jetzt hat sich auch die Küche in ein wundervolles Kunstgemälde verwandelt.

Ich bin geschafft, sehr müde und verschwinde. Die Kamera nehme ich mit. Mittlerweile ist es 5 Uhr früh. Ich schwinge mich aufs Rad und fahre nach Hause. Marie wird sich mit Sicherheit gleich melden und mir einen schönen Tag wünschen.

Mit dem Schlüssel in der Hand schließe ich

meine Wohnung auf. Stehe im Flur und bin einerseits geschockt über die Begegnung mit dem I-love-Bingo-Typen, andererseits aber auch beeindruckt. Warum kam er mir zur Hilfe? Woher wusste er, dass ich ausgerechnet dorthin gefahren bin?

Es dauert nicht lange und ich bekomme eine Guten-Morgen-SMS von Marie. Ich habe jetzt noch den ganzen Vormittag für mich, bevor Marie zu mir kommt. Wir wollen uns heute am späten Nachmittag mit Kilian, Moni und Nele zum Essen treffen. Also habe ich noch ausreichend Zeit, über meine Taten nachzudenken und über etliche andere Dinge …

Ich sitze im Schlafzimmer in meinem Sessel und gucke zum Fenster hinaus. Nun kämpfe ich plötzlich mit aufsteigender Panik, während der rationale Teil meines Verstandes versucht, sachlich und kühl zu bleiben.

Der Bingo-Typ muss was über mich wissen.

So, wie er mir seine Waffe zugeworfen hat, so vertrauensvoll. Wer sich auch immer hinter dieser Maske verbirgt, er hat was mit mir zu tun. Der kurze Augenblick, als sich unsere Blicke trafen, hat in mir ein Gefühl von Vertrautheit hervorgerufen.

Aber warum habe ich plötzlich Probleme, richtig durchzuatmen? Mein Herz schlägt unglaublich schnell … weil ich voller Angst bin.

Meinen düsteren Dämon höre ich sagen: »Mach dir keine Sorgen, Leo. Du bist jetzt in Sicherheit, mehr als je zuvor. Bingo hat alles unter Kontrolle. Du hast ihm früher dein Leben anvertraut, und warum solltest du es jetzt nicht wieder tun?«

Ein eiskalter Schauer durchbohrt meine Eingeweide. Was erzählt er da für verrückte Sachen? Früheres Leben?

Das Display meines Handys leuchtet auf. Eine SMS von einer mir unbekannten Nummer: ›Sehr gute Arbeit, Leo‹, steht da. Im Anhang sind noch Fotos mitgesendet worden. Ich öffne sie. Blut sehe ich. Die Einrichtung der Wohnung im Hintergrund wirkt vertraut. Dann ein weiteres Bild mit einem weißen Klingelschild, das den Namen ›Gutknecht‹ trägt.

Ich lasse schockiert das Handy auf den Boden fallen. Der Bingo-Typ war noch mal in das Haus der Gutknechts zurückgekehrt und hatte alles fotografiert, um mir die Bilder zu schicken. Aber warum? Mir wird klar, dass er mich kennen muss. Nur woher, dass weiß ich nicht. Ich muss so laut ticen und mein Körper schüttelt sich vor unkontrollierbaren Bewegungen.

Ich brauche eine Tablette!

Es ist 18 Uhr und ich sitze mit meinen besten Freunden in einer Kneipe und lese die Speisekarte …

> 500 Gramm Menschenhirn, gebraten und angeröstet mit Zwiebeln, dazu 2 Liter Blut vom Schwein
>
> 2 abgeschnittene Menschenfinger mit einer feinen Soße aus Angstscheiße
>
> 2 panierte Arschlöcher von Männern, kross angebraten mit einem gemischten Salat aus Fraueninnereien und einer schönen Portion gefüllten Darm
>
> 1 abgetrennter Menschenkopf zum Auslöffeln
>
> Schweinepimmel
>
> GETRÄNKE: Blut, Pisse, Kacke, Eiter …

Mein Gott, was lese ich denn da? Ich bin eine Psychopathin! Die Schrift ist plötzlich verschwommen. Marie versetzt mir einen Hieb in meine Rippen und ich komme so langsam zurück in meine dreckige Realität.

»Was nimmst du, Leo?«, fragt mich Marie.

»Ich nehme einen Grillteller«, antworte ich ihr.

Meine Freunde quasseln ohne Punkt und Komma. Ich kann mich nicht an den Gesprächen beteiligen; meine Gedanken kreisen immer noch um den Mord im Hause Gutknecht … Und der Bingo-Typ geht mir auch nicht aus meinem kranken Hirn. Es ist ja klar, dass ich Kilian nichts von meiner Begegnung mit dem I-love-Bingo-Opa erzählen kann.

Augenblicklich kehrt aber positive Energie in meinen Körper. Ich und meine dunkle Seele wissen jäh, dass ich eine Serienmörderin bin und dass es noch einen Serienmörder gibt, der mich offenbar auch kennt.

Angestrengt betrachte ich die Situation am Tisch, unsere Essen sind mittlerweile gekommen, und ich finde es plötzlich wunderbar, eine Serienmörderin zu sein. In der Luft schwirrt das Aroma von Fleisch. Eiswürfel klirren in unseren Gläsern. Die Situation wirkt nun faszinierend auf mich. Ich bin erhaben! Meine Euphorie verklebt die gute, nach Menschenfleisch riechende Luft. Ich werde in Zukunft erst mal keine Menschen mehr erlösen wie im Krankenhaus, sondern der neue Picasso des Mordens sein. Fakt ist, es macht mir Spaß, bösartige Menschen zu töten und Kunstwerke zu erschaffen. Ich bin zufrieden mit mir und glücklich in meiner Haut. Das spürt jetzt jeder meiner Freunde am Tisch. Selbst die beschissene Kellnerin lächelt mir zu. Ich spüre jetzt schon die Nähe zum neuen Kunstwerk. Ich werde Meisterwerke vollbringen und herausfinden, wer der I-love-Bingo-Typ ist und welche Galerien er füllen will. Er – vielleicht auch sie – ist mir sehr nah an meinen käseweißen Arsch gerückt und benutzt angeblich fast die gleichen Ölfarben wie ich. Im Endeffekt werden sich unsere Meisterwerke gleichen und ich werde ihn oder sie umzingeln. Ich muss mich kurz schütteln und meine Gedanken ordnen, um meinen Grillteller essen zu können.

Kapitel 22

Erinnerungen ... von Bingo!

Er war einerseits ein zitterndes Wrack, zeitweise aber auch eine Bestie und andererseits ein sehr liebevolle Vater. Er rauchte ununterbrochen Zigaretten und bildete Kringel beim Ausstoßen des Qualms, die sich schnell auflösten und denen er dann versonnen hinterher sah. Sein Bild wirkte oft mystisch, aber immer vertrauenerweckend auf mich. Und fast immer hatte er diesen selbstzufriedenen Ausdruck in den Augen.

Wir wohnten zu sechst in einem abgelegenen Haus, sehr ländlich gelegen. Wir vier Kinder liebten unsere Eltern abgöttisch. Unsere Mutter war eine sehr behutsame und zärtliche Frau. Unser Dad war einerseits ein fantastischer Vater, andererseits aber auch ein alter Mann, dessen Organe sich langsam zu zersetzen begannen. Trotz seines hohen Alters besaß er eine unglaubliche körperliche Kraft und dies ließ er uns auch leider manchmal spüren. Er war streng und hielt uns zeitweise sehr kurz. Mir und meinen jüngeren Geschwistern wurde schnell klar, dass wir zu gehorchen hatten. Unsere Mutter verinnerlichte uns, dass unser

Vater uns ausbilden wird. In was auch immer! Wir wussten es nicht! Oft saßen wir im Keller und zogen uns unsere T-Shirts über die Köpfe, damit er uns nicht sieht, wenn er herunter kam und schlecht gelaunt war. Der Keller war nämlich unsere Ausbildungsstätte.

Unser sehnlichster Wunsch in diesen Momenten war es, von ihm nicht gesehen zu werden. Wenn er gut drauf war, durften wir auf seinem Schoß sitzen und er alberte mit uns herum. Dies konnte aber auch schnell umschlagen … Meine Geschwister und ich waren klein … so kleine Kinder. Es war abscheulich und gleichzeitig einzigartig, mit diesem Mann zu leben.

In die Schule schickte er uns nicht, aber er bildete uns aus. Und das schien ihm sehr wichtig zu sein.

Wir bekamen jeden Tag gute Mahlzeiten von unseren Eltern und unser Vater legte immer die gleiche CD ein, wenn wir wieder in den Keller mussten. Er trieb uns mit extrem sportlichen Aktivitäten körperlich an unsere Grenzen. Ich entwickelte schnell eine großartige Muskulatur und wurde immer kräftiger.

Ich sah unseren Vater oft in sein lachendes Gesicht und war einfach nur glücklich, dass er mich zu einem so stattlichen Mann formte.

Mein alter Herr befahl mir immer eine Maske aus echter Menschenhaut zu tragen und er zwang erst nur mich, ihn beim *Töten* von Kreaturen zuzusehen. Ich wollte wissen, warum diese Menschen auf bestialische Art und Weise sterben mussten, traute mich aber nicht zu fragen. Auch meine Mutter fragte ich nicht.

Später mussten auch meine Geschwister ran. Erst nur zugucken, nichts anfassen, hieß es. Anfänglich ekelten wir uns davor, doch irgendwann legte sich das und wir fingen an, Spaß daran zu haben, denn zu diesem Zeitpunkt verstanden wir, dass unsere Aufgabe darin bestand, böse Menschen zu eliminieren. Wir hatten nun endlich verstanden, was das Spiel ausmachte und wo es hinführen sollte. Und wir kannten es schließlich auch nicht anders.

Mir wurde relativ schnell klar, dass unser Vater ein brutaler Serienmörder war. Er tötete, tötete und tötete …

Der Blick unseres Vaters war scharf wie eine Rasierklinge und seine Ausstrahlung barg Zorn, wenn er ein Opfer auf einen seiner Tische liegen hatte. Er sah uns an, grinste und hauchte uns im feuchten Keller in unsere Kindsköpfe: »Ihr seid alle meine Kinder. Vergesst NIEMALS den Codex.« Wie immer stand er da und qualmte dabei seine Kippe.

»Ihr müsst Gerechtigkeit und Erlösung schaffen und ich bin eure Ursache, meine Kinder.«

Ich war das einzige Kind, das diese Menschenhaut-Maske tragen musste. Anfänglich verlangte er, dass ich sie nur beim Morden aufsetzte. Dann gab es eine Zeit, da durfte ich sie gar nicht mehr ablegen. Warum, habe ich nie verstanden. Wir durften nicht viele Fragen stellen, und daran hielten wir uns auch. Er war schließlich der Führer und wir hatten nur zu lernen, wie man mordet und erlöst.

Ich, das älteste Kind meines Herrn, musste mit zehn Jahren das allererste Mal eine Frau töten. Wie immer trug ich die Menschenhaut-Maske, war sehr nervös und brachte nur ein jämmerliches Krächzen hervor. Die Frau war nackt an ein senkrecht stehendes Brett gefesselt.

»Sie ist eine Dealerin und hat andere Menschenleben auf dem Gewissen. Deshalb muss sie getötet werden. Verstehst du das?«, fragte mich mein Vater damals. Ich brachte nur ein »Ja« hervor und stieß der Frau ein Messer mitten ins Herz. Adrenalin schoss in meinen Körper und ich versuchte panisch, mir die Maske vom Gesicht zu reißen. Sie fiel zu Boden und voller Angst sah ich zu meinem Vater. Seine Fratze war furchteinflößend. Und schon spürte ich, wie er mir einen scharfen Widerhaken durch meine Wange bohrte und mich daran durchs Zimmer schleifte. Ich schrie vor Schmerzen. Er stellte mich vor die tote Frau und seine Hand war immer noch an dem Widerhaken. Ich weinte und blutete wie ein Schwein. Mein Führer verlangte, dass ich die Maske wieder aufsetze und die bereits tote Frau vom Hals an bis zum Schambein aufschlitze.

Ich tat, wie mir befohlen wurde. Mein Herz raste wie verrückt, aber es war noch nicht zu Ende. Er packte mich an der Kehle und hob mich mit nur einer Hand an eine Wand hoch. Ich schnappte nach Luft; er würgte mich und ich versuchte, mich zu wehren. Doch es gelang mir nicht. Er war übermächtig stark und zischte mir zu: »Die Maske ist ein Teil von dir geworden. Du wirst sie IMMER tragen! Hast du das verstanden? Panik hat bei uns nichts verloren! Du musst unsere Bestimmung und Tradition leben«, züngelte er mir damals scharf entgegen.

»Ja, Papa«, wimmerte ich, dachte aber: Vielleicht bin ich jetzt auch ein Teil der verdammten Maske geworden …

Anschließend riss er mir den Widerhaken aus der Wange und sagte: »Geht doch. Warum nicht gleich so?«

Das ist meine Geschichte, meine Vergangenheit. Und ich trage auch heute noch eine Maske beim Töten.

Meine Geschwister mussten nie eine tragen, dafür töteten sie das allererste Mal bereits mit vier und mit sieben Jahren. Ein Bruder wurde komplett verschont. Warum, wusste ich nicht.

Wir anderen drei wurden zu Serienmördern erzogen und zwar mit einem gut vertretbaren, moralischen Codex. Wir fanden bald Gefallen an unserer ARBEIT, und so entließ mich mein Vater aus seiner mörderischen Obhut, als ich fast 14 Jahre alt war in die große weite beschissene Welt. Ich wusste jetzt, was ich zu tun hatte. Meine Geschwister blieben allerdings noch bei ihm und ich weiß bis heute nicht, was aus ihnen geworden ist. Doch! … Wahrscheinlich auch Serienmörder! Und ich habe eine grausame Befürchtung …

Kapitel 23

Mann?

Ich werde wach und mein ganzer Körper schmerzt. Ich liege in einem Bett … in einem Krankenbett? Ich bin am Ende meiner Kräfte, habe Schmerzen am ganzen Leib. Mein Korpus fühlt sich ausgemergelt an. Liege ich in einem Krankenhaus? Nein! Es wäre auch zu schön gewesen. Das ist mir schnell klar. Ist alles vorbei?, frage ich mich. Sofort taucht noch mal das ganze Szenario meiner Kastration vor meinen Augen auf. Dann setzt der absolute Horror-Trip ein. Ich hebe die Bettdecke an und sehe die Verstümmelung an meinem Unterleib. Dies ist das Ende meines Lebens. Es fällt mir alles wieder ein, es war ein Massaker – ein Racheakt meiner Schwester und ihrer neuen Familie: Penis ab! Unwiederbringlich. Es kann nichts mehr angenäht werden, weil ich mein eigenes Genital fressen musste. Ich spüre, dass ich vollgepumpt bin mit Medikamenten. Mein Blick fällt rechts auf die blutverschmierten Rasierklingen und Skalpelle. Ich schaue nach links und sehe auf einem Tisch noch diverse Haut- und Knorpelfragmente. Mir wird schlecht, ich habe meinen eigenen

Penis gefressen. Es ist eine Perversion, die kaum zu übertreffen ist.

Lotte

In diesem Moment bin ich wohl eine geistig eher verwirrt und gierig einzuordnende Frau. Ich habe immer schon davon geträumt, meinem Bruder den erigierten Penis mit einem Skalpell oder mit einfachen Rasierklingen abzutrennen. Vor allem nach den ganzen Vergewaltigungen. Ich habe mich nach diesem Moment gesehnt – dem Moment, in dem ich den Schwanz meines Bruders einfach abreiße und seine Miene sehe, seine Schreie höre und diese Schmerzgesänge in mir aufsauge.

Nachdem ich Marco kennengelernt habe und ihm alles über die brutalen Vergewaltigungen erzählte, haben wir uns vorgenommen, meinen Bruder zu töten oder ihn zu kastrieren. Zugegeben, mit einem Skalpell kann ich hervorragend umgehen und habe während meines Lebens als Kannibalin schon einigen Männern das Genital abgetrennt. Ich hatte genaue Vorstellungen und fraß den ein oder anderen Pimmel und Sack. Nach all den Vergewaltigungen und Demütigungen habe ich mir oft vorgestellt, alle Pimmel der Rasoris-Männern brutal abzureißen und in eine Ecke zu spucken.

Ich träume von diesem Vorhaben seit meiner Gefangenschaft in meiner Familie im Putanerviertel. Der Gedanke verfestigt sich von Tag zu Tag, von Woche zu Woche, von Monat zu Monat. Die Intensität meines Wunsches wird im größer und größer. Mir ist durchaus bewusst, wie unmenschlich und menschunwürdig die Umsetzung dieser Tat durch Dritte ist.

Irgendwann war es jedoch so weit. Meine neue geliebte Familie will mir meine Wünsche erfüllen. Ich kann nun endlich meine intimsten Wünsche und Träume in die Realität umsetzen, den Penis meines Bruders mit einem Skalpell abtrennen, und zwar in einem Ritual, so wie ich es mir immer vorgestellt habe und vor allem so, wie sie mit mir umgegangen sind: brutal!

Um mich schon einmal psychisch auf diese Situation einzustellen, habe ich mir und meinem Mann Marco als Hauptspeise ein Filetsteak gekocht – schön blutig, was mich noch mehr inspiriert. Ich vergesse mich fast! Doch Marco stutzt mich zurecht, verspricht mir aber trotzdem seine Liebe. Ihm ist bewusst, was passieren wird … zwischen mir und meinem Bruder. Ich vergewissere mich noch einmal, dass ich meine Skalpelle eingesteckt habe.

Ich habe mich nett zurecht gemacht, habe meine langen, blonden, lockigen Haare gestylt. Das mag Karl besonders gerne. Und auf einmal … ein Geistesblitz. Ich weiß auf einmal, jetzt ist die Zeit gekommen. Ich merke, wie geil ich werde, wie meine Brustwarzen sich aufrichten und meine Vagina ganz feucht wird. Allein der Gedanke, diesem Typen den Penis abzutrennen, macht mich unglaublich an. Im Geiste überlege ich, welches der zwei Skalpelle ich benutzen werde. Diese Gedanken durchdringen mich, wie eine Lanze einen Körper durchbohrt.

Um mich herum nehme ich nichts mehr wahr, ich sehe nur noch Karl vor mir. Er scheint wahrlich ein Gespür dafür zu haben, dass seine Zeit gekommen ist. Hier und jetzt! Ich muss mich wirklich beherrschen, tue aber so, als ob ich gar kein Interesse an ihm habe. Ich glaube, es dauert so ziemlich genau 20 Sekunden und mein Bruder jammert ohne Ende. Ich sage bis zu diesem Zeitpunkt noch nichts, setze mich jedoch auf den danebenstehenden Hocker, und zwar so, dass mein kleines Röckchen so gerade eben noch alles Wichtige bedecken kann. Ich wende mich direkt zu ihm hin und ziehe meinen Rock ein klein wenig hoch, sodass er sehen kann, dass ich nichts drunter trage. Das war so abgesprochen mit den Rupperts und vor allem meinem Mann Marco. Wir wollen ihn reizen. Ich gebe Karl meine Hand und sage: »Lotte. Angenehm.«

Ich kann genau erkennen, wie sein Genital die Hose praller werden lässt. Und Karl ist wirklich gut bestückt.

»Hast du dich hierher verlaufen?«, fragt mich Karl.

»Ja, mehr oder weniger schon, du hast mich ja quasi dazu gezwungen, und ich lebe und liebe jetzt eine andere Familie.«

Er grinst breit und unsympathisch, wie ich es von ihm kenne. Ich bemerke, dass er viele Zähne verplombt hat, und ein Eckzahn fehlt ihm auch. Eine recht ungepflegte Erscheinung, mein Brüderchen. Ich frage ihn: »Sag mal, Karl, denkst du eigentlich, dass du bei Frauen gut ankommst?«

Er schaut mich an wie ein Auto, als hätte er diese Frage noch nie gestellt bekommen. Dabei bin ich mir sehr sicher, dass Karl immer mal wieder damit konfrontiert wird, wenn er zum FRESSEN raus geht. Er hat sich mit Sicherheit schon so intensiv auf diese Art Fragen eingeschossen, dass er sogar die passende Mimik perfekt spielen kann. Deshalb dieser echt dumme Blick.

»Was denkst du eigentlich, wen du hier vor dir hast, einen Idioten?«, fragt mich Karl wütend.

Ein schlichtes »Ja« ist meine Antwort und ich wende mich demonstrativ von ihm ab. Ich denke, das macht diesen Typen mit Sicherheit total an: Erst zeige ich ihm meine blank rasierte Schwesternscheide und im nächsten Augenblick zeige ich ihm, dass er mir absolut gar nichts bedeutet. Das weckt doch mit Sicherheit den Jagdinstinkt in ihm. Und ich behalte recht.

Meinen Bruder Karl werde ich wahrscheinlich nicht mehr los. Er geht mir voll auf den Leim. Karl bleibt auf dem Tisch liegen und beobachtet mich. Ihm entgeht nicht, dass ich mit meinem Mann Marco heftig flirte. Nach etwas 10 Minuten begebe ich mich wieder zum Kastrationsbett, wo Karl wie angenagelt liegt und brav auf mich wartet.

»Was ist mit dir, du Arsch?«, frage ich ihn. »Das alles hier ist nur zu deinem Besten, mein lieber Bruder.«

»Wie du meinst«, entgegnet er mir. »Und was kommt nun?«, fragt er mich.

»Falsche Frage, Karl. Was werde ich nun mit dir machen?«, frage ich ihn zurück. Es ist mittlerweile kurz nach ein Uhr nachts.

»Also am liebsten würde ich mit dir verschwinden und unser altes Leben mit dir leben«, sagt Karl voller Selbstüberzeugung.

»Okay«, entgegne ich ihm. »Aber vorher möchte ich noch einige Sachen mit dir klären.«

»Die da wären?«, fragt mein Bruder.

»Ich stehe total auf Fesselspiele.«

»Na, das ist doch geil, ich stehe auch drauf«, entgegnet er mir.

»Wie gut, dass die Rupperts dich schon gefesselt haben«, sage ich zu ihm.

»Deine Hände, deine Füße, deinen Körper … nichts kannst du bewegen.«

Dann ziehe ich mich langsam vor meinem Bruder aus und das Spiel kann nun endlich richtig beginnen.

»Ich wusste schon immer, dass du eine total geile Sau bist«, kam es von Karl.

»Natürlich bin ich das, Karl«, sage ich.

»Worauf warten wir dann noch? Binde mich los!«, fordert er mich auf.

Ich höre wie Marco und die anderen Rupperts im Hintergrund lachen. »Gib ihm mal fünf Whiskys«, schreit Marco immer noch lachend im Hintergrund. »Fünf ist heute deine Glückzahl.«

»Was soll das heißen, du Arschgesicht?«, fragt er meinen Mann.

»Na lass dich doch einfach überraschen«, funke ich dazwischen. Mir wird ganz komisch, ich freue mich, bin nervös. Marco und die anderen Rupperts beäugen mich ohne Ende. Ich setze mich auf Karl, löse eine Fessel und er grabscht sofort mit seiner Hand an mir herum. Ich nehme seine Hand und lege sie auf mein Dekolleté. »Spürst du meinen Herzschlag?« Statt zu antworten, fingert er an mir herum. Er hebt seinen Kopf, leckt mich ab, küsst meinen Hals. Marco zuckt kurz und schaut sich alles sehr nervös an. Aber er weiß, dass dies zu unserem Rachespiel gehört. Es dauert vielleicht sieben Minuten. Karl wird immer heißer. Er fordert mich auf, all seine Fesseln zu lösen.

»Soll dein Macker doch zugucken, wie wir es miteinander treiben, Lotte. Bitte, mach mich los!«, winselt er mich an.

Ich antworte ihm nicht. Alles ist plötzlich sehr leise, selbst die Atemgeräusche der Menschen in dem Raum sind nicht mehr zu hören.

Dann hält auch Karl inne. Der Wunsch, ihn zu kastrieren, wird immer größer. Karl leckt sich seine Finger ab, mit denen er mich bis gerade noch befummelt hat, riecht daran und lacht laut auf. Ich merke wie masochistisch er veranlagt ist. Karl zieht mich mit seiner freien Hand zu sich hinunter. Marco zuckt kurz, hält sich aber dennoch zurück. Karl versucht mir die Kleider vom Leib zu reißen und will seine Hose gleich mit los werden. Ich halte nochmals seine Hand fest und dann steht Marco mir zur Seite.

»Willst du meiner Frau noch eine BLUTGESTALT andrehen?«, fragt Marco ihn.

Karl hält kurz inne, aber ich sehe seine Geilheit. »Leg deine verfickte Frau auf mich. Ich werde sie wieder und immer wieder ficken. Du kannst zuschauen, du Ruppert-Sau«, schreit er Marco an.

Marco sagt kein einziges Wort, aber ich sehe die Wut in seinen Augen. Er nimmt Karls freien Arm, dreht ihn nach hinten und legt ihm erneut die Stricke an, fesselt ihn noch heftiger als zuvor. Karls Penis bleibt erigiert, er ist kurz vor seinem Orgasmus.

Als wir ihn soweit wieder angekettet und somit wehrlos gemacht haben, stecke ich ihm noch ein Taschentuch in seinen Mund, damit er nicht schreien kann. Noch lacht mein Bruderherz und ist wohl der Meinung, er bekommt jetzt den geilsten Fick seines Lebens mit seiner Schwester.

»So, mein Freund, jetzt erkläre ich dir mal MEINE Spielregeln«, sage ich zu ihm. Ich nehme die Skalpelle, die Marco mir anreicht.

Mit beiden Händen präsentiere ich sie ihm und frage ihn: »Nun rate mal, was ich damit vorhabe?« Ich merke, wie seine Erektion schlagartig zurückgeht, sein Gesicht ganz rot wird und er versucht, sich aus den Fesseln zu befreien. Er scheint jetzt endlich zu ahnen, dass ich mit ihm etwas vorhabe, was er wohl nicht ganz so prickelnd finden wird. Mein Traum wird wahr, es ist so weit, ich habe meinen Bruder direkt vor mir liegen – zu geil, es war einfach zu geil. Jahrelang habe ich auf diesen Augenblick gewartet.

Ich frage ihn: »Sag mal, Karl, mit welchem Skalpell soll ich dich denn gleich kastrieren, mit dem in meiner linken oder dem in meiner rechten Hand? Du darfst es dir aussuchen, mein Liebster.«

Er bewegt seinen hochroten Kopf hektisch hin und her, von links nach rechts. Er wird immer panischer. Er schreit und ich merke, wie er fast übermenschliche Kräfte entwickelt, um sich irgendwie zu befreien. Sein Penis war inzwischen auf die normale Größe geschrumpft. »Bist du nicht mehr geil?«, frage ich ihn. Noch immer schüttelt er hektisch den Kopf. »Wenn du mir jetzt nicht eine vernünftige Antwort gibst, schneide ich ihn gleich ab, ohne weitere Diskussion«, woraufhin er dann ganz ruhig wird. Er starrt mich flehend mit seinen großen grünen Augen an und ich erkläre ihm nun die Spielregeln. »Du entscheidest jetzt, welches Skalpell ich für dein bestes Stück nehmen soll, um es abzutrennen. Schau bitte, nach links oder nach rechts, sonst entscheide ich das und dann geht es ganz schnell.« Er starrt nach links.

»Na super«, sage ich. »Endlich mal eine Entscheidung.« Ich nehme das Skalpell und drohe ihm ein weiteres Mal, wenn er weiter versucht, sich aus den Fesseln zu winden, würde es wirklich ruck, zuck gehen, woraufhin der gute Karl gleich zur Besinnung kommt.

»Was denkst du jetzt. Hast du Angst?«, frage ich ihn. »Ich sage dir jetzt, wie du dein bestes Stück noch retten kannst, das ist ganz einfach. Ich lege das Skalpell aus der Hand und verwöhne dich mit meinen Händen. Wenn du nicht ejakulierst, behältst du deinen Penis und deine Hoden, falls du aber doch abspritzt, war das das letzte Mal. Daher genieße es jetzt, denn es wird wohl dein letztes Mal sein.«

Ich genieße es, in seinen großen Pupillen zu sehen, wie er mit seinen Blicken bettelt. Dann nehme ich sein bestes Stück in meine Hand und hole meinem Bruder einen runter. Es dauert etwa eine Minute, bis es wieder im erigierten Zustand ist. Karls Kopfbewegungen werden immer hektischer je länger ich seinen scheiß Pimmel in der Hand halte. Dazu gibt er undefinierbare Laute von sich. Ich merke, dass Karl kurz vor dem Orgasmus steht, ich halte inne, mache dann mit meiner rechten Hand weiter, um ihn zu beobachten, ihm in UNSERE Augen zu schauen. Er versucht wirklich, den Orgasmus zurückzuhalten, wehrt sich und kämpft wohl den größten, aber auch aussichtslosesten Kampf seines Lebens. Gnadenlos verrichte ich die Handarbeit und Karl fängt an zu stöhnen, so laut und so tief aus seiner innersten Brust, aus seiner Kehle, er ejakuliert. Ja, er ejakuliert so stark, dass es heftig und weit spritzt. Und es dauert 15 Sekunden an.

Marco geht hinaus. Meine Seele schmerzt, aber es musste sein.

»Tja, Karl, das war's dann wohl mit deiner Männlichkeit, versprochen ist versprochen und ich hoffe, dein letztes Mal war schön für dich, zumindest hatte ich den Eindruck.« Ich ziehe mich zurück und hole das vorher in meiner linken Hand befindliche Skalpell. »Zuerst werde ich dir deinen Sack aufschneiden und dir die Hoden abtrennen. Wenn wir das hinter uns haben, werde ich dir deinen Penis abtrennen, ihn in der Pfanne anbraten und dir anschließend zu fressen geben.«

Jetzt ist es soweit, ich habe meinen Traum wahrhaftig realisieren können! Ich bin ganz feucht und muss mich erst einmal von Marco, meinem Mann, in unserem Schlafzimmer befriedigen lassen; allein die Vorfreude auf die bevorstehende Kastration meines Bruders bringt mich innerhalb von wenigen Sekunden zum Höhepunkt.

Im Keller wieder angekommen, nehme ich das Skalpell in meine rechte Hand und setze zum Schnitt an. Karl versucht wirklich alles, um es abzuwenden, aber er ist so gut gefesselt; er hat einfach keine Chance.

»Ja, Lotte, es ist soweit, setze zum Schnitt an und nehme endlich Rache«, stachelt mich Marco aus dem Hintergrund an. Ich schneide, ja ich schneide Karl zu Rasoris ganz langsam und ohne jede Betäubung den Hodensack auf. Ich sehe ihn dabei an, er versucht zu schreien, hat wohl wahnsinnige Schmerzen und Angst. Ich schneide weiter, bis der Hodensack komplett aufgeschnitten ist und ich seine Hoden sehen kann. Es blutet nicht einmal stark; nun trenne ich mit dem Skalpell einen Hoden ab und halte ihn vor seine Augen. Ich muss aufpassen, dass er nicht ohnmächtig wird, denn er steht kurz davor. Marco holt schnell etwas

Wasser und schüttet es ihm über den Kopf. »Knick mir jetzt bloß nicht weg«, ermahne ich ihn. Er hält weiter tapfer durch, sodass ich nun endlich zur Abtrennung seines zweiten Hoden kommen kann. Ich setze das Skalpell an … Und da habe ich sie nun, beide Hoden von Karl, meinem Bruder Karl, der sich für unwiderstehlich hält. Nachdem ich diesen Triumph eine Minute genießen kann, gehe ich schnell in die Küche, suche in den Unterschränken nach einer Pfanne und werde auch sofort fündig. Kochherd an und auf die höchste Stufe gedreht, dann noch Öl hinein … und wieder zurück zu Karl. Ich bin sehr stolz auf das, was ich vollbracht habe. Marco schaut mich zufrieden und glücklich an. Wir kehren zu ihm zurück.

»So, Karl, jetzt kommen wir beide zum Finale. Ich schneide dir jetzt dein bestes Stück ab. Einfach so!« Ich glaube, Karl hat sich in diesem Moment bereits mehr oder weniger mit seinem Schicksal abgefunden oder er steht unter Schock. Denn er ist plötzlich ganz ruhig, obgleich er eigentlich fürchterliche Schmerzen haben müsste. Ich setze mit meinem Skalpell zum Schnitt an und trenne ihm seinen Penis ganz sauber ab; besser hätte es ein Chirurg auch nicht machen können. Es ist ein Hochgenuss für mich, dass Allergrößte, das Beste auf der ganzen Welt! Was für ein irres Gefühl!

Nun halte ich den abgeschnittenen Penis von Karl in meiner Hand und auf einmal fängt es ganz fürchterlich an zu bluten. Das ist mir in diesem Moment aber völlig egal, ich eile zur Küche, wo das Fett in der Pfanne schon ganz heiß geworden ist. Ich nehme Karls Penis und lege ihn, frisch abgeschnitten, in die Pfanne. Es brutzelt sofort los und riecht kurz darauf nach frischem Pfannenfleisch.

Nach zwei Minuten nehme ich den gebratenen Penis aus der Pfanne und lege ihn auf einen Teller, damit gehe ich zurück in den Keller. Alle Rupperts applaudieren mir und feuern mich an. Ich gehe zu Karl und bin echt erschrocken. Eine riesige Blutlache ist mittlerweile auf dem Boden und er blutet immer noch sehr stark. Ich lege ein Handtuch auf den verstümmelten Genitalbereich. Er ist inzwischen wirklich ohnmächtig geworden.

Als er wieder zu sich kommt, serviere ich ihm seinen Pimmel und seinen Sack. Schön angebraten. Ich nehme seinen Penis und stopfe ihn in Karls Mund. Karl muss würgen.

»Iss es vernünftig!«, sage ich scharf. Er weiß, dass es keinen anderen Ausweg gibt. Dann isst er seinen Penis, der sich allerdings nach zwei Happen schon in seinem Magen befindet.

»Lecker, einfach nur lecker, wenn auch schwer zu kauen und etwas zäh, aber für mich ist es die leckerste Delikatesse, die ich jemals zu mir genommen habe. Wenn mich jemand fragt, was ich gegessen habe, kann ich sagen, meinen eigenen durchgebratenen Pimmel. Ihr habt mir das geilste Geschenk aller Zeit gemacht und ich danke meiner Schwester für dieses entzückende Erlebnis.«

Wir Rupperts lachen ihn aus und ich gehe noch ein letztes Mal zu meinem Bruder. Ich gebe ihm einen Kuss auf die Stirn und bedanke mich bei ihm, dass er doch ein wenig Gerechtigkeit in sich hat.

Meine Aufgabe ist erledigt und ich gehe nach oben in unser Wohnzimmer. Sehr zufrieden lasse ich mich auf die Couch fallen. Dann höre ich auch schon die Schreie meines Mannes Marco und der anderen Rupperts. Was sie mit Karl machen, weiß ich nicht genau und will es auch nicht wirklich wissen.

Irgendwann kommt Marco auch nach oben.

»Wir haben seine Wunde versorgt. Nicht dass er uns noch davongeht. Wir haben schließlich noch einiges mit ihm vor, nicht wahr, mein Schatz? Er soll leben … und uns helfen!«

»Das stimmt, obwohl er bestimmt lieber sterben würde, als ohne Schwanz bei uns Rupperts leben zu müssen.«

»Er wird sich nichts antun, darauf werde ich achten. Sag mal, Lotte, hättest du auch gerne von seinem Fleisch probiert?«

Ich gucke in besorgte schwarze Augen.

»Nein Marco. Ich bin eine Ruppert! Und soweit ich mich erinnern kann, essen wir kein Menschenfleisch.«

Jetzt strahlen sie wieder, diese wunderbaren schwarzen Augen.

Karl

Ich erschauere manchmal noch vor Angst und Schrecken, wenn sich die Tür meines Zimmers öffnet. Die nächsten Wochen und Monate verbringe ich damit, im Bett zu liegen und mich von meiner Kastration zu erholen. Die Rupperts versorgen konsequent jeden Tag meine Wunden und geben mir Tabletten gegen die starken Schmerzen. Oft denke ich am Tage, dass es keinen Weg nach vorne mehr für mich gibt. Ich werde nie wieder zu meinem Familien-Klan, den Rasoris, zurückkehren können. Nicht so!

Wenn Marco Ruppert in mein Zimmer kommt, pocht mir das Herz bis zum Hals. Sogar Schweißtropfen bilden sich auf meiner Stirn und mir steht die Angst wahrscheinlich deutlich ins Gesicht geschrieben. Manchmal muss ich auch heftig nach Luft schnappen und mein elender Körper beginnt zu zittern. Ist das jetzt mein Leben? Meine Frage wird mir schnell mit einem Nein beantwortet. Ich liege in den düsteren Mauern der großen Gebäude der Rupperts. Die meiste Zeit ist es unheimlich still im Haus, manchmal höre ich ein Auto aus der Ferne oder Schritte im Flur. *Bin ich etwa jetzt auch angekommen? Genauso wie Lotte?* Ich wage es kaum zu hoffen. Zur Sicherheit ziehe ich mich in mein Inneres zurück und rede fast kein Wort mehr. Mein ehemals starkes Ich vergräbt sich immer mehr in einem Haufen aus Angst und Panik.

Lotte kommt oft zu mir, sagt aber außer dass ich laufen soll nichts. Doch meine Füße wollen mich noch nicht tragen. Lotte steht gelegentlich etwas unentschlossen vor mir und blickt gehetzt um sich. Ihre kleinen Finger trommeln manchmal auf dem sich im Zimmer befindlichen Tisch, bevor sie sich eine blonde lockige Haarsträhne aus dem Gesicht streicht. Mein Zupfen an der Bettdecke erregt ihre Aufmerksamkeit und ihr Blick schießt blitzartig zu mir. Wir tauschen meistens nur Blicke aus, Worte fallen kaum. Und es vergehen weitere Wochen und Monate.

Mittlerweile sind meine Wunden gut verheilt; ich pinkle jetzt aus einem kleinen Loch und habe guten Kontakt zu den Rupperts. Sie behandeln mich gut, aber ihre Ranch, hier in Argentinien, durfte ich bislang noch nicht verlassen. Mir wird in dieser Zeit mit wenigen Worten klar gemacht, dass ich jetzt zu ihnen gehöre, ob es mir passt oder nicht. Ich habe meine Sünde zu tragen, indem sie aus mir ein ES gemacht haben und ich den Namen Ruppert tragen muss. Sie lehren mich ihre Traditionen und ihren einmaligen Codex. Es kommt der Tag, an dem es Karl zu Rasoris nicht mehr gibt … und ich finde mich damit ab.

Mit der Zeit verstehe ich die Rupperts und ihre Regeln und Traditionen; sie fangen an, mir zu gefallen, und Marco nimmt mich auch schon mal mit in den Keller, um jemanden zu TÖTEN, der es auch verdient hat.

Ein paar Monate später

Alles, was ich im ersten Moment sehen konnte, ist ein grelles Licht in meiner Zimmerecke. Marco und Lotte sind zu mir gekommen, ich bete, dass nichts Schlimmes kommen mag, obwohl ich ihnen eigentlich mittlerweile vertraue … und sie mir hoffentlich auch.

»Karl, es ist viel Zeit vergangen. Du bist genesen und bist schon seit einiger Zeit ein Ruppert. Vermisst du deine Familie, die Rasoris?«, fragt mich Marco.

»Nein, ich vermisse sie nicht! Ehrlich! Seitdem ich meinen eigenen Penis und Hoden fressen musste, ist mir die Gier nach Menschenfleisch absolut vergangen«, antworte ich.

»So sollte es auch sein, Karl. Wir sind jetzt bereit …«

»Wozu bereit?«, schießt es aus mir heraus.

Totenstille herrscht in meinem Zimmer, bevor Lotte erstmals anfängt zu sprechen.

»Unsere drei Kinder sind bereit, um als Rupperts und Serienmörder zu leben. Du wirst sie jetzt ein einziges Mal zu Gesicht bekommen. Sie werden dich aber nicht sehen. Präge dir ihre Gesichter gut ein. Komm bitte mit.«

Drei Kinder? In mir steigt ein Gefühl auf, als sei ich in einem spannenden Hollywoodstreifen. Wir gehen in einen der vielen Räume in diesem Haus und ich bin so sehr gespannt, dass ich es kaum aushalten kann. Marco und

Lotte hatten mir in all der Zeit, die ich jetzt schon hier bin, noch nie ihre Kinder vorgestellt.

In dem Zimmer hängt ein riesengroßer Spiegel an der linken Wand, der es uns ermöglicht, in das Zimmer nebenan zu schauen.

»Die drei werden jetzt gleich reinkommen. Sie können uns nicht sehen. Kapiert, Karl?«, fragt mich Marco.

»Ja, ja, schon klar.« Ich bin so aufgeregt, kann es kaum erwarten, die Kinder meiner Schwester zu sehen. *Eins davon muss mein Kind sein! Ein reinrassiger Rasoris! Lotte muss mit einem von uns damals einen Rasoris gezeugt haben. Sie war schließlich irgendwann schwanger.*

Die Tür geht plötzlich auf und zwei junge Mädchen und ein junger Mann betreten das Zimmer. Ich erstarre. Erst Marcos heißer Atem, der mir in den Nacken kriecht, reißt mich aus meiner Starre.

»Welches von den dreien ist unser Kind, Lotte?«, schrei ich schon fast in den Raum hinein.

»SIE SIND ALLE RUPPERTS, KARL! Merke dir das, und ich hoffe, dass ich dich nie wieder daran erinnern muss!«, zischt mir Marco mit wütendem Blick entgegen.

»Und das Wichtige ist, sie sind alle ausgebildete Serienmörder. Sie werden bald andere Menschen allein und ohne unsere Hilfe töten. Ganz nach unserem Familien-Codex … und du, mein lieber Bruder, wirst sie begleiten und aus dem Hintergrund auf sie aufpassen und leiten. Unsere Kinder haben alle deutsche Vornamen, sodass sie nicht sonderlich auffallen werden. Nur der Nachname wird sich für jeden einzelnen ändern. Wir werden in den nächsten Tagen noch ein wenig mit ihnen ARBEITEN, das bedeutet, wenn ihr alle nach und nach in Deutschland ankommt, werden sie nicht mehr genau wissen, woher sie eigentlich stammen. Sie sollen sich zu großartigen Serienkillern entwickeln. Jeder auf seine Art und Weise. Der Junge wird derjenige sein, der sich am meisten an Bruchstücke seiner Kindheit erinnern wird. Er stand schon mit 14 Jahren auf seinen eigenen Beinen und hat hier in Argentinien schon fleißig abgründige Menschen ermordet. Die Mädchen haben auch bereits getötet, doch dies fand ausschließlich hier in unserem Hause statt. Aber jetzt sind auch sie für das Ausland bereit! Sie werden auch nicht mehr wissen, dass sie Geschwister sind. Sie sollen erstmal alle ihre eigenen Wege gehen. Es wird einige Zeit dauern – so sieht es unsere

Familie für diese drei Kinder vor –, bis sie wieder alles wissen und wieder zurück nach Argentinien kommen können und wollen«, erklärt Lotte.

Marco setzt hinzu: »Und du, Karl, wirst auch in Deutschland unter einem anderen Namen arbeiten. Ihr werdet in den nächsten Tagen und Wochen nach Deutschland fliegen. Jeder einzeln. Du wirst hauptsächlich mit unserer jüngsten Tochter ein paar Probleme bekommen. Aber wir setzen großes Vertrauen in dich. Du wirst es hinbekommen. Und wage dich nicht, wieder Kontakt zu den Rasoris aufzunehmen. Wir werden dich beobachten, und du wirst als Erster morgen Argentinien verlassen. Deine neue Unterkunft, dein neuer Name … es ist alles vorbereitet.«

Damit war alles gesagt und ich weiß, dass ich demnächst einiges zu tun haben werde. Marco und Lotte sagen nichts mehr und wollen das Zimmer verlassen.

»Wartet! Wie heißen die drei eigentlich?«

Mit seinem korpulenten und starken Körper kommt Marco erneut auf mich zu und bleibt nur wenige Millimeter vor mir stehen. Ohne auf seine Kinder zu zeigen, die wir immer noch durch den Spiegel beobachten können, flüstert er mir zu: »Der Junge heißt Kilian, das

Mädchen mit den glatten braunen Haaren heißt Moni und die Jüngste, die mit dem braunen Lockenkopf … sie ist die Wichtigste … sie heißt Leo und sie wird noch einige Fehler begehen. Also führe sie!«

»Warum ist Leo so wicht…«

»Keine Fragen mehr jetzt. Hier, nimm diesen Brief mit, da steht alles Weitere für dich drin.«

Dann sind Marco und Lotte verschwunden. Ich öffne den Brief und sehe, dass mein Flug bereits morgen früh geht. Die kompletten Daten und Namen der Kinder stehen drin und auch meine neue Adresse, mein neuer Job und mein neuer Name werden aufgeführt.

Kapitel 24

Leos Therapie

Ich setze mich auf den unbequemen Stuhl und spüre, wie sich mein Korpus an die harte Lehne lehnt. Mittlerweile habe ich mich dazu entschlossen, bei meinem Doc auch eine Psychotherapie zu machen. Ich zünde mir eine Kippe an. Mein Psycho-Doc raucht mit mir zusammen. Dr. Snyder sitzt mit seinen vergilbten Fingern an seinem Schreibtisch und glotzt mich an. Unser dichter Qualm vernebelt sein Büro und bohrt sich in meinen Schädel. Das ist mein erster Termin seit vier Monaten. Er weiß nichts von meinem anderen Ich und er weiß auch nicht, dass zwei Freunde von mir ermordet wurden. Darüber will ich auch nicht mit ihm sprechen. Ich will und muss meine Vergangenheit mit seiner Hilfe aufrollen.

»Wie geht es Ihnen, Leo?«, höre ich ›Dr. Katze‹ sagen. So nenne ich ihn, seitdem ich das allererste Mal in seiner Sprechstunde war. Er hat sein ganzes Büro voller Porzellankatzen, Katzenkalender, Katzenfotos und gemalte Katzenbilder.

Ich sitze ziemlich planlos vor seinem Schreibtisch. Es ist eine Wohltat, Dr. Katze zu sehen und mit ihm im verqualmten Büro zu sitzen. Ich sehe all die toten Fratzen vor meinem geistigen Auge und durchforste mein Inneres, um auf die Frage vom Doc antworten zu können.

»Eigentlich geht's mir ganz gut«, sage ich ihm. »Ich möchte mehr über meine Vergangenheit erfahren.«

»Das freut mich sehr, Leo. Sie sind jetzt schon seid sechs Jahren bei mir in Behandlung. Hauptsächlich ging es ja um ihre Ticstörung, ihre Ängste und Zwänge. Wir hatten ja mal ganz zu Anfang das Thema ›Familie‹ angesprochen, aber da konnten sie mir so gut wie keine Antworten geben. Versuchen wir es erneut.«

Eine halbe Stunde befragt Dr. Katze mich immer und immer wieder zu meinem Vater, Mutter und zu eventuellen Geschwistern. Wo ich als Kind aufgewachsen bin, in welche Schule ich ging, fragt er mich.

Relativ belanglose Dinge, aber ich kann mich zum Verrecken an nichts erinnern. Ich merke, wie wütend ich werde, weil mir nichts einfällt, und fange an zu ticen. Der Doc unterbricht das einseitige Gespräch.

»Leo, ich habe die Vermutung, dass wir so nicht weiterkommen. Das merken Sie ja sicherlich auch! Wenn Sie damit einverstanden sind, würde ich gerne das Gespräch hier abbrechen, einen neuen Termin mit Ihnen vereinbaren und eine andere Methode der Vergangenheitsbewältigung mit Ihnen versuchen … und zwar mittels einer Hypnose.«

Stille. Ich gucke ihn ängstlich an und leichte Übelkeit steigt in mir auf. Die Übelkeit zwingt mich kurz innezuhalten. Ich weiß, dass das von meiner Angst herrührt und spüre, wie mein verschissenes Herz mir bis zum Halse schlägt. Außerdem meine ich, einen Schmerz in meinen Carotiden zu verspüren. Ich fange an zu schwitzen, meine Augen füllen sich mit Tränen, dann atme ich tief durch und sage: »Okay, einen Versuch ist es wert.«

»Leo, Hypnose ist eine hocheffiziente Therapieform, die Ihre Ressourcen und Ihre Potentiale freisetzen und für Sie selbst auch nutzbar machen wird. Es ist nicht zu verwechseln mit einer ›Bühnenhypnose‹, wie Sie sie vielleicht aus dem Fernsehen kennen. Wenn wir in der nächsten Sitzung diese therapeutische Hypnose durchführen, werden bei Ihnen im Trancezustand Kräfte freigesetzt, die zur Bewältigung von Ängsten, aber auch zur Vergangenheitsbewältigung sehr nützlich sein können.«

»Ja, ich mache es«, beschließe ich und stecke mir eine selbstgedrehte Fluppe ins Maul. Mein Doc tut dasselbe und wir qualmen weiter sein Büro zu. Beim Rauchen guckt er mich immer wieder so durchdringend an. Das hat er schon oft gemacht und ich hasse es. Ich kann eh schon so schlecht Augenkontakt mit anderen herstellen, geschweige denn, ihn dann auch halten. Oft habe ich mich schon gefragt, was das soll. Ob er etwa weiß, dass ich eine Serienmörderin bin und einen ständig mich begleitenden Dämon habe? Schließlich ist er ein studierter Psycho-Akademiker …

Um aus dieser, für mich beschissenen Situation herauszukommen, stehe ich einfach auf und murmele ein »Tschüss, bis zum nächsten Mal«. Ich gebe ihm nicht die Hand zum Abschied und er mir auch nicht. Er weiß, dass ich unnötigen Körperkontakt mit Fremden nicht leiden kann.

Mittlerweile ist es Abend geworden. Ich sitze zusammengekauert auf meinem Sessel im Schlafzimmer und sehe durchs Fenster, wie sich die Dunkelheit wie eine unheimliche dunkle Brut über die Stadt herabsetzt. Auf meinem Bett liegt noch der verschmierte Teller von vorgestern. Essensreste sind noch drauf; ich gieße mir ein Glas Wein ein und denke, dass diese verkackte Hypnosetherapie mir ganz schöne Angst bereitet. Was passiert, wenn ich unter Hypnose ausplaudere, was ich eigentlich bin und was ich mache?

Ich rufe Nele an. Sie kennt sich mit solchen Therapieformen gut aus. Sie sagt, ich soll zu ihr kommen und ein halbe Stunde später sitze ich bei ihr im Wohnzimmer und erzähle ihr von meiner Sitzung und der bevorstehenden Therapie.

»Sag mal, hast du schon Erfahrungen mit Hypnosetherapie gemacht, Nele? So lange bin ich ja nun auch noch nicht bei euch in der Klapse tätig, um mich damit auszukennen.« Ich warte auf eine Antwort von Nele, aber es kommt keine.

Ihr Blick schweift umher, sie scheint nicht ganz bei der Sache zu sein. Ich kann ihren verdammten Gesichtsausdruck nicht deuten. Ist sie sauer auf mich? Oder böse? Ihr Blick ist immer noch auf einen unsichtbaren Punkt fixiert und ich kann mit ihrer Fresse nichts anfangen. Was bedeutet ihr Verhalten?

»NELE«, schreie ich sie an. Ich merke, wie sie langsam zurückkommt, sie scheint sich zu sammeln und schaut mich an.

»Leo, es war alles leichter, als ich gedacht hatte.«

»Hä? Was meinst du? Ich weiß nicht, auf was du hinaus willst, Nele.«

Plötzlich fängt sie an, wie wild mit ihren Händen zu gestikulieren, ihre Augen füllen sich mit Tränen. Sie will mir irgendwas sagen, aber ich verstehe sie nicht. Es ist, als würden wir zwei unterschiedliche Sprachen sprechen.

»Nele, ich verstehe dich nicht«, sage ich ihr nochmals.

»Das ist auch verdammt noch mal schwer zu erklären, Leo. Es ist nämlich so …«, setzt sie sehr zögernd an. »Wir sind doch eigentlich immer ehrlich zueinander gewesen, oder Leo?«

»Ja klar, du weißt alles über mich«, entgegne ich. *Bis auf die Morde und Erlösungen, die ich begangen habe, und dass ich einen dunklen Dämon besitze und meine unaufhörliche Mordlust und, und, und …*, schießt es mir gedanklich durch meinen Schädel. Nele lacht kurz auf, die Tränen laufen an ihren puterroten Wangen entlang. Sie zeigt auf eine Kleenexpackung auf dem Tisch. Ich reiche sie ihr. Sie wischt sich die Tränen weg, schnäuzt sich ihre Nase und versucht sich erneut zu sammeln.

»Wenn du immer ehrlich gewesen wärst, Leo, hättest du mir noch einige andere Dinge erzählen müssen.«

Ich gucke sie mit aufgerissenen Augen an. Was meint sie? Weiß sie über mich Bescheid? Das kann um Himmelswillen nicht sein!

»Weißt du, ich bin eine sehr naive Person«, fängt Nele an. Ich öffne automatisch meinen Mund und schüttle den Kopf, um zu protestieren, aber sie stoppt mich und fährt fort: »Oh doch, Leo, ich bin ziemlich naiv. Aber auch sehr neugierig, tüchtig und zeitweise auch sehr erfolgreich in den Sachen, die ich anpacke. Ich glaube, dass dir die Hypnosetherapie helfen wird, deine Vergangenheit aufzurollen. Das musst du auch unbedingt machen, Leo.«

Ich starre sie an und weiß, was kommen wird. Mir wird schlecht.

»Leo, ich weiß, warum du das Krankenhaus gewechselt hast.«

»Den Job zu wechseln ist ja wohl keine Straftat, oder?«, fauche ich sie an.

Nele zuckt zusammen und fängt wieder an zu weinen. »Leo, ich will dir doch nichts Böses. Ich will dir helfen.«

»WOBEI willst du mir helfen verdammte Scheiße?«

»Ich weiß, dass ich jetzt ein ganz großes Risiko eingehe und dass es gefährlich ist, wenn ich es dir sage.«

»WAS WILLST DU MIR SAGEN, NELE? WAS WILLST DU MIR GOTT VERDAMMT NOCH MAL SAGEN, NELE? DANN SAG ES MIR ENDLICH UND HÖR AUF ZU HEULEN. SAG ES MIR JETZT SOFORT – UNVERBLÜMT IN MEINE FRESSE; VERDAMMTE SCHEIßE!«, brülle ich sie voller Inbrunst an. Mein Körper zittert, meine linke Titte juckt, ich muss ticen, ich flippe gleich aus, laufe zum Fenster und glotze in die Dunkelheit.

»Du bist eine Mörderin, Leo … und ich weiß das!«

Absolute Ruhe kehrt ein. Ich gucke immer noch zum Fenster hinaus.

»NEIN, bin ich nicht.«

»Doch, bist du, Leo. Ich habe dich bei den Gutknechts beobachtet, und mir war in dem Moment klar, dass du es nicht zum ersten Mal gemacht hast. Du bist mir schon lange aufgefallen, also hab ich angefangen, dich zu beobachten.«

»Weißt du, was das für dich heißt, Nele?«, frage ich durchs Fenster in die Dunkelheit hinein, drehe mich blitzartig zu ihr um und verpasse ihr einen deftigen Fausthieb mitten ins Gesicht. Nele ist sofort bewusstlos. Ich kann sie aber nicht töten … Noch nicht! Ich kann meine Kräfte kaum kontrollieren und frage mich, wo ich sie hernehme. Aber für Grübeleien ist jetzt keine Zeit. Das Programm muss abgespult werden, das ist mir klar. Es muss alles nach meinen Regeln durchgeführt werden. Ich muss noch mal mit Nele reden, aber ich kann ihre Visage dabei nicht ertragen und sie soll auch meine nicht mehr sehen. Es wird ein Programm sein, das etwas aus der Reihe tanzen wird, aber ich muss es durchziehen. Das sagt mir mein dunkler Dämon.

Bevor ich Neles Wohnung verlasse, schlage ich ihr noch zweimal mit der Faust ins bewusstlose Gesicht. Ich werde ungefähr ein bis zwei Stunden brauchen …

Nach zwei Stunden bin ich mit den Materialien, die ich jetzt für Nele brauche, wieder in Neles Wohnung. Ich packe sie in einen roten, reißfesten Plastiksack. Den hab ich aus dem Krankenhaus geklaut; normalerweise werden darin infektiös verstorbene Patienten verstaut. Rot – die Farbe der Liebe und des Lebenselixiers. Ich ziehe den Reißverschluss des Leichensacks zu und umwickle das Ganze noch mal sehr fest mit einem groben Seil. So kann Nele sich nicht bewegen. Sie muss aber noch atmen können; also schneide ich ein Loch in den Sack und stecke ihr einen alten Schnorchel in ihre Schnauze, der durch das Loch heraus ragt. So wird sie ja wohl ausreichend Luft bekommen und mir ein paar Fragen beantworten können.

Ich schließe die Augen und streichle zart mit einer Hand über den roten Leichensack. All meine Zwangsgedanken, meine Ängste und all meine Tränen werde ich in diesem Leichensack sammeln und vernichten. Hier liegt nun Neles Körper, und genau hier werde ich ihre Antworten auf meine Fragen bekommen.

Ich verspüre Hunger und bereite mir in ihrer Küche sorgfältig eine Mahlzeit zu. Ich knipse den Herd an und setze einen Topf mit Nudeln auf. Im Kühlschrank finde ich noch eine Schale mit frischen Shrimps. Die brate ich mit Knoblauch in einer kleinen Pfanne an. Ich mache mir Musik an und es dröhnt die bekloppte Madonna aus Neles Boxen. Ich schalte es wieder ab und setze mich ins Wohnzimmer und warte, bis das Essen fertig ist. Nele rührt sich immer noch nicht.

Ich esse und rülpse herzhaft. Müde bin ich nach dem Essen, lege mich auf die Couch und erlaube meinem Körper wegzutreiben.

Als ich meine Augen wieder öffne, hängt der Knoblauchgeruch immer noch in der Bude.

Ich kann ein Kratzen hören, setze mich auf und stelle fest, dass Nele anscheinend erwacht ist und in Panik gerät.

»Du wirst dich nicht bewegen können, Nele. Du bist gefesselt und liegst in einem Leichensack. Durch den Schnorchel bekommst du ausreichend Luft. Wenn ich dir nun Fragen stelle, wirst du versuchen, mir trotz Schnorchel zu antworten. Ich denke, dass du alles verstanden hast.« Mein Tonfall ist neutral und freundlich.

»Woher weißt du das mit den Gutknechts?«

Ich höre nur ein Grunzen, keine vernünftige Antwort. Mist! So wird das nicht klappen. Ich muss mir was anderes einfallen lassen als den Schnorchel. Also schneide ich ein so großes Loch in den Plastiksack, dass ihr Kopf frei ist, reiße ihr den Schnorchel aus der Fresse und verbinde ihr die Augen. Nele soll mich nicht sehen.

Nele

Ich werde wach und habe wahnsinnige Kopfschmerzen. Bewegungen sind nicht möglich. Was hat Leo mit mir gemacht? Ich spüre irgendeinen Gegenstand in meinem Mund, kann aber atmen. Leo stellt mir Fragen, aber ich kann mit diesem Ding im Mund nicht sprechen. Ich habe Todesangst!

Leo schneidet ein Loch in das Ding, das mich umgibt; jetzt kann ich richtig atmen und sprechen. Mein Gott, was wird passieren, wenn ich ihr all das erzähle was ich über sie herausgefunden habe? Sie wird mich töten! Leo verbindet mir die Augen … Ich kann nichts sehen.

»Ich will dir wirklich helfen Leo, bitte …« Ich fühle mich so elend, so hilflos, ich will ihr wirklich helfen. Aber sie versteht es nicht.

»Wie willst du mir helfen? Indem du mich bei Kilian verpfeifst und den Bullen sagst, dass ich eine Serienmörderin bin? Deine Scheiße kannst du für dich behalten. So eine verdammte verschissene Scheiße, Mann. Warum hast du mir nachspioniert?«

»Warum hast du den Gutknecht so bestialisch umgebracht?«

»Er hat es verdient. Hast du nicht gesehen, was er seiner Familie angetan hat? Wahrscheinlich nicht! Für dich und all die anderen gibt es nur schwarz und weiß und nichts dazwischen.«

»Dann erkläre es mir, Leo.« Ich zittere am ganzen Körper. Leo hat mich so stark zugeschnürt, dass mir sogar das Atmen schwerfällt.

Ich komme hier nicht mehr lebend raus, das ist mir klar.

»Leo, ich weiß nur eins, wenn ES vorbei gehen sollte, wirst du dich selbst anklagen. Du wirst so starke Schuldgefühle haben, dass du damit nicht leben kannst. Und das ist alles so unnötig. Lass dir von mir helfen! Ich suche dir einen guten Therapeuten und unterstütze dich.«

»Wie willst du mich unterstützen, Nele? Das geht so nicht. Du stellst dir das so einfach vor.«

»Kann ich dich was fragen?«

»Ja.«

»Hast du auch Karla und Henry umgebracht? Bist du der I-love-Bingo-Typ?«

Nele hat keinen blassen Schimmer, denke ich. Ich kam ihr komisch vor. Das hat sie mit ihrer erfahrenen beschissenen psychiatrischen Nase gerochen. Sie hat den Mord im Hause Gutknecht beobachtet und glaubt jetzt, eins und eins zusammen zählen zu können. Aber da irrt sie sich. Scheinbar hat sie nicht alles gesehen, hat sie IHN nicht gesehen, sonst würde sie mich nicht fragen. Ich reiße ihr die Augenbinde ab.

»Hör mir jetzt genau zu, Nele. Ich habe im Krankenhaus Menschen von ihrem Leiden erlöst; sehr kranke Menschen. Draußen habe ich einen Mann ermordet, weil er seine Frau dazu gezwungen hat, mit seinem Hund zu ficken. Ich habe erlöst und Menschen ermordet, die es nicht anders verdient haben.«

»Das ist Selbstjustiz, das kannst du nicht machen.«

»Und ich bin nicht der Bingo-Typ, ich habe Henry und Karla nicht ermordet. Du wirst zur Polizei gehen, das ist mir bewusst … Deshalb muss ich dich töten.«

Ich sehe, wie Leos Gesichtsausdruck sich verändert, und mir wird schlagartig wieder bewusst, dass Leo eine Mörderin ist. Sie denkt und funktioniert nicht so wie ich. Leo hat sich tatsächlich dazu entschieden, noch mehr Menschen zu ermorden. Ich kann ihr nicht helfen. Und sie hat sich entschieden, auch mich zu töten. Einen Moment hab ich gedacht, ich könne zu ihr durchdringen. Aber man kann niemanden aufhalten, der sich bereits für etwas entschieden hat. Mir wird klar, ich spreche mit einer Mörderin.

Leo sieht mich mit ihren kalten blauen und zugleich toten Augen an. Sie kommt auf mich zu.

»ICH HABE KEINE SCHULDGEFÜHLE«, schreit sie.

Ich merke, dass es sinnlos ist, Leo zur Vernunft zu bringen. Ich werde jetzt auch nichts mehr sagen, weil ich weiß, dass ich irgendwann nur was sagen würde, das sie provozieren wird. Und dann wird unser Gespräch jäh zu Ende sein. Ich will nicht brutal von ihr ermordet werden; es soll schnell gehen.

»Leo, du hast dich entschieden, wie du dein weiteres Leben führen willst. Ich weiß, dass du mich umbringen wirst, mach es bitte schnell. Vielleicht standen wir uns nie so nahe, um wirklich beste Freundinnen zu werden. Wir sind zu verschieden. Ich kann dein Leben nicht akzeptieren, bin aber das Risiko eingegangen, dir irgendwie zu helfen. Ich habe dir immer Achtung geschenkt. Jetzt ist aber das passiert, was eben passiert ist. Tu es, Leo … aber bitte schnell.«

Leo steht über mir, zieht mir die Augenbinde wieder über mein Gesicht, und innerhalb von Sekunden spüre ich einen kalten, scharfen Stich in meiner Brust … Schmerz … Dunkelheit … ich verlasse meinen Körper.

War das mein Körper? Ich sehe, wie Leo mit einem Messer in den Händen, das noch in meiner Brust steckt, auf meinem leeren Körper sitzt. Blut sickert unaufhörlich aus meinem

Thorax. Leo hebt ihren Kopf mit den braunen Locken an, schmeißt ihn in den Nacken und schreit und schreit und schreit …

Ich brauche einige Zeit, um endgültig gehen zu können. Schlagartig ist jede einzelne Erinnerung an meinen Körper und an das Vergangene aus meinem Denken verschwunden. Es herrscht eine wundervolle ruhige Atmosphäre und ich gehe dem fröhlich entgegen. Je heller es wird, umso glücklicher fühle ich mich. Adieu.

Leos Verwirrtheit

Es hätte so schön sein können. Aber Nele ist zu einem trügerischen Menschen geworden, der beseitigt werden musste. Trotzdem war sie auch meine Freundin. Ich ziehe das Messer aus ihrem Brustkorb und reiße ihren Oberkörper an mich. Wir umarmen uns ein letztes Mal. Ich spüre noch ihre Wärme, die bald in die furchterregende Kälte des Todes umschlagen wird. Ich halte sie fest in meinen Armen, als sei nichts passiert. Mein Programm muss aber weiter gehen. Ich muss ihren Leichnam verschwinden lassen. Aber wie? Auf dem Wohnzimmertisch steht eine Flasche Jack Daniels, die mich anlacht. Sie lässt mir keine Ruhe.

Feines Zeug, denke ich und trinke mehrere Schlucke. Besser als die Kuhmilch, die ich als Kind immer trinken musste … Was? Ich erschrecke und mir läuft etwas von dem guten Gebräu die Mundwinkel hinunter. Mein dunkler Freund zischt mir zu: »Sehr gut, Leo, du fängst an, dich zu erinnern. Zieh ihn dir komplett rein, den Scheiß.«

Wie in Trance setze ich die Flasche erneut an und saufe sie gierig wie ein Alki leer. Ich will meinem dunklen Dämon signalisieren, dass mich das, was er mir zuflüstert, nicht aus der Fassung bringen kann und fange nach kurzem Zögern an, die Leiche von Nele zu beseitigen.

Es vergehen ungefähr sechs Stunden. Ich habe mich dazu entschlossen, Nele zu zerhacken, um die einzelnen Körperteile leichter verschwinden lassen zu können. Sehr zwanghaft, aber auch gekonnt trenne ich zuerst die Extremitäten ab und schneide diese erneut in kleine, handliche Stücke. Mich setzt nichts unter Druck; ich bin vollkommen entspannt und erstaunt darüber, wie akkurat und einfach ich eine Leiche zerlegen kann. Ich atme den Duft von dem frisch zerlegten Körper tief ein und ziehe ihn durch die Nase bis in die Lunge. Gerüche von Blut und Menschenfleisch … ein

Blitz durchbohrt meine Hirnwindungen; ich scheine die Balance zu verlieren, stehe auf und wanke blutüberströmt zur Couch …

Flashback

»Leo, studiere den Menschenkörper bis auf jede kleinste Muskelfaser. Du wirst ab sofort jede Leiche, die wir hier bei uns haben, komplett zerlegen …
Es wird dich bis in deine Träume verfolgen, und selbst da wirst du den menschlichen Körper studieren. GEH ES IMMER UND IMMER VON NEUEM DURCH! Hast du mich verstanden, mein Kind? Das ist wichtig für dein weiteres Leben!«
KLATSCH … eine Ohrfeige … »Hast du das jetzt verstanden?«
»Ja, Papa, habe ich.«

Ein lautes Autohupen von draußen holt mich zurück in die Gegenwart. Ich halte in beiden Händen jeweils ein Stück von Neles Bauchmuskulatur. Ein bekanntes Gezische reißt mich komplett aus diesem Wahnsinn: »Leo, du hast genug Zeit verstreichen lassen. Setz deine Arbeit fort und verschwinde von hier.«

»Ja«, höre ich mich sagen und mache mich

weiter an die Arbeit. Ich zerlege meine Freundin, so wie es mir beigebracht wurde und verpacke sie in einzelne Teile, zusammengeschnürt in dem roten Leichensack. Plötzlich beginne ich zu schluchzen. Was ist mit mir? *Reiß dich zusammen, Leo, überleg dir lieber, wie du die einzelnen Teile jetzt aus der Wohnung bekommst.* Mir laufen die Tränen über die Wangen …

Mein Handy schellt.

»Hallo?«

»Hallo Leo. Hör mir jetzt zu. Wasch dir Neles Blut vom Körper, zieh dir was anderes an und verlasse dann die Wohnung. Fahre nach Hause und entspanne dich. Du hast 30 Minuten Zeit, dann werde ich die Wohnung betreten und dir helfen. Ich werde für dich die Leichenteile verschwinden lassen. Wage es nicht, in der Wohnung auf mich zu warten!«

»Aber …«

»Unterbrich mich nicht.«

»Aber Sie haben mich doch angerufen.«

»Leo, mach, was ich dir sage. Ich bin es … BINGO.«

Zu Hause angekommen sitze ich lange schweigend in meinem Sessel. Klares Denken ist gar nicht möglich. Das Gequassel von meinem Dämon beginnt auf ein Neues. Ich kann es nicht mehr hören, habe das Gefühl durchzudrehen. Mein Dämon atmet schwer: »Leo, es gibt nichts, was wir jetzt tun können, außer abwarten. Aber du wirst in der nächsten Zeit einiges erfahren und aufdecken.«

»Halt dein verficktes Maul, ich kann dich nicht leiden! Ich konnte dich noch nie leiden! Was und wer bist du eigentlich? Ich kann nicht mehr! Verschwinde aus meinem beschissenen Leben … verdammt noch mal. Ich bin eine Missgeburt, mit dem Drang, Menschen zu töten.«

Ich heule, ich bin ein Haufen Scheiße. Ich muss schreien und halte krampfhaft ein Kissen fest, fast verzweifelt, wie einen scheiß Rettungsring. Ich habe das Gefühl, dass ich nichts über mich weiß. Irgendwie steh ich mit dem Serienmörder Bingo in Verbindung. Warum hat er – oder sie – mir bereits zweimal geholfen? Mein Leben scheint gewaltig aus den Fugen zu geraten. Wie soll ich das nur bewerten? Ist es eine göttliche Kraft, die mich lenkt? Überall herrscht Chaos; bin ich dazu bestimmt, Gerechtigkeit zu schaffen? Ich hatte eine Kindheit, an die ich mich kaum erinnern kann. Meine Hände zittern und dann schellt es an der Tür.

Ich gucke durch den Spion und sehe Marie.

Ach ja, ich hab ja auch noch eine Beziehung. Ich bin so wütend und ärgerlich, öffne die Tür und begrüße Marie mit den Worten: »Hi, du Fotze.«

»Hm, nette Begrüßung, mein Schatz.«

Ich drehe mich um, um mich wieder in meinen Sessel zu fläzen.

»Sorry, tut mir leid. Ich bin nur so durcheinander.«

»Ist was passiert? Geht's dir nicht gut?«, fragt mich Marie liebevoll. Ich gebe ihr keine Antwort, stattdessen setzen wir uns ins Schlafzimmer und gucken, wie eine Wolke nach der anderen am Himmel vorbei zieht.

»Wie fühlst du dich, Leo?.«

»Beschissen, ich habe so starke Ängste.« Was wenn ich die Kontrolle verliere und Marie auch töte? Ich liebe sie doch eigentlich. Widerliche Gefühle steigen in mir auf.

»Kannst du die Dosis deiner Medikamente nicht ein wenig erhöhen? Besprich das doch mal mit deinem Arzt.«

»Nein, ich kann sie nicht noch höher setzen, das weiß ich. Ich wünschte, ich könnte meine Ängste und Zwangsgedanken loswerden. Am liebsten hätte ich sie gar nicht. Deswegen bin ich ja so wütend. Ich brauche Hilfe, damit sie endlich verschwinden.«

Marie lächelt mich an. »Gehst du denn noch zur Therapie?»

»Ja, aber Dr. Katze kann mir auch nicht wirklich helfen. Anglotzen kann er mich, aber mehr auch nicht. Verschissene Scheiße.«

Ich muss heulen, richtig schluchzen und fasse wieder einen Entschluss …

Lächelnd bitte ich Marie, auf mich zu warten und mich ab heute für drei Wochen in Ruhe zu lassen. Maries Augenaufschlag bricht mir fast das Herz und meine Gedärme scheint es zu zerreißen. Marie sagt kein Wort, sie steht auf, umarmt mich noch einmal sehr innig und verlässt meine Wohnung.

Ich bleibe allein zurück und rieche auch noch drei Tage später ihr Parfüm in meiner Wohnung. Traurigkeit beherrscht meinen Körper. Ich gehe auch nicht mehr zur Arbeit. Meine Wohnung wird für die nächsten Tage meine einsame Höhle. Ich vergrabe mich buchstäblich, trinke viel Bier, rauche eine nach der anderen und versuche nachzudenken. Ich schau mir auch keine Nachrichten mehr im Fernsehen an. Dort werden nur Wahnsinnige gezeigt, die die Kontrolle verloren haben und andere umbringen. Und ich bin auch so eine Irre!

Ich muss versuchen aufzuschreiben, was ich in der nächsten Zeit erreichen will.

Meine Vergangenheit durchleuchten
Herausfinden, wer der Bingo-Typ ist
Vielleicht den ein oder anderen ermorden

Diese drei Punkte liegen mir auf meiner dunklen Seele. Nicht viel, aber es reicht. Nachts träume ich noch oft von Nele. Ich spüre ihre Nähe sehr intensiv im Traum, atme den Geruch von ihrem jungen Fleisch und dem sauberen Blut. Oft stehe ich in meinen Träumen auf einer weiten Wiese und sehe drei menschliche Schatten. Ich höre mich im Traum sagen: »Ich vermisse euch. Es ist immer das Gleiche. Ich vermisse euch und ihr seid nicht hier.«

Ich beschließe, nach fünf Tagen vollkommener Einsamkeit, mich bei Moni und Kilian zu melden. Die einzigen Freunde, die ich noch habe.

Um 9 Uhr morgens schlage ich bei Kilian im Büro auf. Er sitzt mit dem Rücken zur Tür. Über seinem Ledersessel hängt seine schäbige grüne Cordjacke. Sein Schreibtisch ist voll mit Mappen, Unterlagen und Akten. Obendrauf stehen Kaffeetassen, Aschenbecher und Reste von Nahrungsmitteln. Ein totales Chaos.

»Hi Kilian.«

Kilian dreht sich auf seinem Ledersessel herum und ich sehe ihm an, dass ich ihn erschreckt habe. »Hi Leo … lange nicht gesehen. Wie geht's dir?«

»Es sieht zwar nicht so aus, aber hast du ein bisschen Zeit für mich?«

»Klar doch.« Er zeigt auf den Besucherstuhl, aber auch der ist voll mit Akten. Ich räume sie runter und schmeiße sie in eine Ecke. Kilian guckt mich verwundert an.

»Na, bei dem Chaos macht das auch nichts mehr aus, du Idiot.« Wir lachen beide über seine Unordnung.

»Wie geht's dir und Moni?«

»Ganz gut, ich hab viel Arbeit. Wir kommen in den Bingo-Fällen nicht weiter, und anscheinend haben wir jetzt noch einen Trittbrettfahrer, der ähnlich mordet wie Bingo.«

»Oh, das wusste ich nicht.«

»Ich muss ja auch ein wenig auf meine Schweigepflicht achten. Aber ich weiß, dass ich dir vertrauen kann … Da ist was, das ich sowieso mit dir bereden wollte. Moni wollte dich auch schon anrufen, aber sie ist mal wieder total down. Eure Nele ist verschwunden. Ihre Eltern wollten eine Vermisstenanzeige aufgeben, aber sie ist ja über 18, und Erwachsene dürfen sich aufhalten wo und wie lange sie wollen. Wir haben dann doch die Wohnungstür aufgebrochen und haben ein blutüberströmtes Wohnzimmer vorgefunden. Aber von Nele keine Spur. Und deshalb müssen wir von einem Gewaltverbrechen ausgehen. Die Blutspuren stimmen auch mit Neles DNS überein.«

»Ich hab aber darüber noch nichts in den Nachrichten gehört«, sage ich zu Kilian.

Kilian sitzt mit geschlossenen Augen an seinem chaotischen Schreibtisch. Ich frage mich, ob ihn die ganzen Todesfälle auch so mitnehmen wie Moni. Aber er muss ja auch eine gewisse Professionalität an den Tag legen, schließlich ist er Bulle bei der Mordkommission. Verletzlichkeit wäre in seinem Beruf ein großes Risiko.

»Ich muss los, Kilian, bestell Moni liebe Grüße, ich hab einiges vor in den nächsten Tagen. Bis dann.«

Kapitel 25

Dr. Katze

Mittlerweile ist es Abend geworden und ich habe heute die erste Hypnosetherapie bei Dr. Snyder, dem Katzenmann. Ich überlege, ob ich ihm nicht auch mal ein Porzellankätzchen schenken sollte. Schließlich ist er jetzt schon seit einigen Jahren eine wichtige Person in meinem Leben. Und seit Neuestem auch noch mein Psychotherapeut.

Ich öffne die Tür zu seiner Praxis … Die Praxis ist leer. Wahrscheinlich braucht die Katze absolute Ruhe für den Hypnosescheiß. Ich sitze im Wartezimmer und gucke mir die langweiligen Bilder an den Wänden an. So genau hab ich sie noch nie betrachtet. Es sind Bilder von Südamerika, genauer gesagt von Argentinien. Ist der Katzen-Doc Südamerikaner? Eigentlich sieht er nicht danach aus. Aber bestimmt ein ganz großer Fan, die alte Katze. Ich muss in mich hinein lächeln und denke, dass ich mich den ganzen Tag über meinen Doc lustig machen könnte.

Bis ich dran komme, versuche ich noch mal meine merkwürdige Vergangenheit zu überschauen. Mir wird klar, dass meine Erinnerung erst einsetzt, als ich mit 19 Jahren die Krankenschwesterausbildung angefangen habe. Von der Zeit davor habe ich nur Bruchstücke im Kopf, die immer mal wieder wie eine Art Geistesblitz in mich hinein katapultiert werden. Ich frage mich unaufhörlich, was davor geschehen ist. Plötzlich wird alles schwarz um mich herum und es dauert eine Weile, bis ich merke, dass ich weine. Ich habe mir noch nie große Gedanken darüber gemacht; es gab auch keinen Anlass dafür. Vielleicht ist es schon zu spät, um etwas über mich herauszufinden. Durch mein Morden bin ich aber neugierig geworden und will wissen, was für eine wahnsinnige Sau ich eigentlich bin.

Dr. Snyder hier, Dr. Snyder dort … Ich kann es nicht mehr hören. Ich bin müde und erschöpft von all den Patientengesprächen. Jetzt hab ich nur noch eine Patientin vor mir – LEO! Von ihr bin ich schon seit etlichen Jahren erschöpft und ausgelaugt. Dass sie uns jetzt so viel Kraft kosten wird, damit hat wirklich keiner gerechnet.

Ich sitze stumm in meinem Büro und weiß, dass Leo schon im Warteraum sitzt. Mein Telefon klingelt.

»Hola, Pablo. Na, Bruder, wie sieht's aus?«

»Wie soll es aussehen? Scheiße sieht es aus. Leo sitzt im Warteraum und denkt, sie bekommt ihre erste Hypnosetherapie.«

»Dann mach es doch. Es wird Zeit, das sie sich erinnert.«

»Mist, Marco! Ich habe keine Geduld mehr; sie muss jetzt erfahren, woher sie kommt und was wir mit ihr gemacht haben. Ihr wollt eure drei Kinder doch wieder bei euch haben, warum dann jetzt noch so viel Schnickschnack darum machen?«

»Mach es so wie besprochen, Pablo.«

Ich kann Skepsis und ein wenig Wut in Marcos Stimme erkennen. Dennoch ist er in Argentinien und ich hier in Deutschland, und im Moment kann er mir nichts anhaben. Ich nehme meinen ganzen Mut zusammen und widerspreche ihm das allererste Mal.

»Nein, Marco! Leo ist so weit und ihre zwei Geschwister sowieso. Ich werde ihr gleich alles erzählen und die drei dann so schnell wie möglich zu dir schicken. Adios por ahora.«

Ich lege auf und erschrecke, als es an meiner Bürotür klopft.

»Ja, bitte«, sage ich und sehe, wie Leo verunsichert das Zimmer betritt.

»Hallo Dr. Snyder. Ich habe einen Termin …«

»Ich weiß. Setzen Sie sich bitte.« Ich warte kurz, dann komme ich gleich zum Punkt: »Leo, ich werde Ihnen jetzt meine zusammenfassende Einschätzung über Ihre Person vorlesen. Hören Sie genau zu.« Ich krame in meinen Unterlagen und gehe nach langer Zeit mal wieder *meinen* eigenen Weg und lese Leo meinen Bericht vor.

Einschätzung von Leo Fadenstein

26-jährige junge Frau. Von Beruf Krankenschwester in der Intensivpflege.
Sie ist homosexuell; ihre Diagnosen lauten: Ängste, Zwangsgedanken und Zwangshandlungen gemischter Art, Halluzinationen, Ticstörung.
Frau Fadenstein ist zeitweise sehr aggressiv, aber bisweilen mir gegenüber sehr verschlossen. Seit Neuestem nicht mehr ganz so passiv. Leo Fadenstein ist das jüngste von drei Kindern. Sie hat noch …

Leo reißt die Augen auf. »Ich habe keine Geschwister, Doc … das stimmt nicht …«
»Höre mir einfach nur zu und unterbreche mich nicht. Alles klar?«

Leos Augen sind mit Angst gefüllt, abartiger Angst. Aber sie hört weiterhin zu …

Sie hat noch eine Schwester und einen Bruder, die beide ebenfalls in Deutschland leben. Der Vater ist Landwirt auf einer Ranch in Argentinien, die Mutter heißt Lotte. Der Vater verhält sich zeitweise sehr dominant und kontrollierend seinen Kindern gegenüber. Er agiert allerdings ausschließlich seit mehreren Jahren nur aus dem Hintergrund und überlässt seinem Bruder die wertvolle Erziehung seiner Kinder. Die Probleme auf der Arbeit hängen mit großer Wahrscheinlichkeit damit zusammen, dass der Vater seine Kinder in Argentinien zu Serienmördern hat ausbilden lassen. Der argentinische Vater übernahm in den ersten Lebensjahren die Ausbildung. Später wurden alle drei auf einer geheim gehaltenen Schule in Argentinien weiter ausgebildet.

»Aufhören, SOFORT!«, schreit Leo mich mit zitternder Stimme an. »Ich soll zwei Geschwister und argentinische Eltern haben? Stamme ich etwa aus Argentinien?«

»Ja, Leo, du bist in Argentinien geboren

worden, hast eine ältere Schwester, einen älteren Bruder, deine Eltern und einen Onkel. Eigentlich habt ihr mehrere Onkel und auch Tanten, aber ihr habt nur einen ganz besonderen Onkel.«

Leo schnappt nach Luft. Ich weiß nicht, ob sie überhaupt etwas verstanden hat. Aber sie ist eine von DENEN. Sie wird es verstehen müssen, sonst ist ihre gesamte Ausbildung umsonst gewesen. Sie ist das gemeinsame Kind von Marco und Lotte, das ist mir mittlerweile klar. Sie hat die Locken von Lotte und die mystischen Augen ihres Vaters geerbt. Aber welches ist mein Kind? Ich muss es herausfinden!

»Wer ist mein Vater? Und wo ist er?«, schreit sie mich an.

»Dein Vater?« Meine Antwort wird gleich wie ein beschissenes Echo in ihren Ohren klingen. Leo schaut mich an und erwidert meinen Blick. Ihre Augen sind ungewöhnlich blau und ihre braunen Locken fallen ihr in ihr wunderschönes Gesicht.

»Dein Vater kann heute nicht hier sein. Er ist alt geworden … er möchte aber seine Kinder bald wieder bei sich haben.«

Ich spüre, wie eine Unbehaglichkeit in mir aufsteigt, ich nicke ihr nur stumm zu und habe plötzlich selbst Angst, in mein wunderbares Büro zu kotzen.

»Dein Vater heißt Marco … Marco Ruppert! Mein richtiger Name ist … Pablo Ruppert. Ich bin der jüngere Bruder deines Vaters; ICH BIN DEIN ONKEL!«

Dann: Stille!

Leo lässt sich zurück auf den Stuhl fallen. Sie kaut an einem Fingernagel und starrt ins Leere. Ich beuge mich nach vorne und strecke ihr meine Hand entgegen. Plötzlich schaut sie mich an. Ihre Augen sind jetzt schwarz. Es sieht aus, als hätte sie ein ununterdrückbarer Zorn gepackt, der nun an die Oberfläche will. Und ich merke, dass erneute Angst in mir aufsteigt. So einen Augenblick hatten wir noch nie, sie macht mir wirklich unheimliche Angst. Leo hat so viel Finsternis in sich, ihre Instinkte können unglaublich scharf sein. Aber das ist das, was Marco und Lotte immer wollten. Ich muss mich zusammenreißen und in diesem Moment der Dominantere sein. Meine Stimme klingt plötzlich sehr bestimmend und ich stehe auf. »Dein Vater wollte, dass du deine Vergangenheit mittels Hypnose aufrollst und alles heraus bekommst. Ich hielt es für den falschen Weg und entschied mich, dir auf diese Art und Weise alles zu sagen. Fakt ist, Leo, du gehörst zu einer sehr gefährlichen Familie, die aber immer zusammenhält und sich gegenseitig hilft und schützt. Wir folgen einer finsteren Familientradition.«

Ihre Wangen sind mehr als nur rot. Sie dreht sich zur Seite, steht auf und kommt auf mich zu. Für einen kurzen Augenblick sieht sie mich fast mitfühlend an.

»Es tut mir leid, Leo, dass du das alles auf einmal erfahren musstest.« Kaum habe ich den Satz ausgesprochen, spüre ich, wie sie mich anspringt, mich zu Boden wirft und versucht, mir die Kehle zuzudrücken. Nicht übel, denke ich, befreie mich aber gekonnt wie ein richtiger Rasoris und sitze dann auf ihrem Körper und habe meine Hände um ihren Hals gelegt. Ich bin wütend und muss mit meiner Kraft aufpassen. Der bittere Geschmack in meiner Schnauze lässt meine Hände an ihrer Kehle etwas lockerer werden.

»Leo, versuche dich damit abzufinden, dass du auch eine Ruppert bist. Und jetzt ist Schluss mit dem Affentheater. Sei stolz auf das, was du bist und was wir aus dir gemacht haben. Du bist eine Mörderin, die widerwärtige Menschen tötet, die es nicht verdient haben zu leben. Deine Geschwister tun das Gleiche. Du wirst sie heute noch kennenlernen. Denn ihr habt noch etwas zu erledigen. Danach – und höre mir genau zu – werdet ihr zu dritt das Land verlassen und zu euren Eltern nach Argentinien fliegen. Dort warten schöne Aufgaben auf euch. Ich werde hier in Deutschland bleiben. Und noch was: Rupperts untereinander fallen sich nicht gegenseitig an, geschweige denn, dass sie sich töten. VERSTEHST DU DAS?«

Ich ziehe meine starken Hände zurück und stehe auf. Leo packt sich an den Hals und schüttelt sich. »Was soll ich tun?«, fragt sie mich und ich denke: Endlich! Warum nicht gleich so? Aber bockig war sie ja schon immer. Ich gehe zu meinem Schreibtisch und schließe ein Fach auf. Ich hole einen roten Overall und einen Zettel heraus und schmeiße die beiden Sachen Leo zu. Jetzt kommt MEIN Plan. »Auf dem Zettel steht eine Adresse. Dort wirst du dich in drei Stunden einfinden. Den roten Overall wirst du anziehen, wenn du dort hingehst. Du wirst dann an diesem Ort deine Schwester und deinen Bruder kennenlernen, und gemeinsam habt ihr noch eine Aufgabe vor euch. Die werdet ihr zu dritt erfüllen … Danach werdet ihr sofort nach Argentinien reisen.«

Leo zittert und bringt nur ein »Okay« heraus. Und ich, ich kann nur hoffen, dass Marco meinen Plan nicht durchquert und mich herausfinden lässt, wer mein Kind ist. Ich muss sie alle anlügen, und ich will zusammen mit meinem Kind wieder zurück zu den Rasoris! Einmal Rasoris, immer Rasoris! Ich spiele mit meinem Leben …

Kapitel 25

Leo Ruppert

Ich laufe nach Hause, zurück in meinen geilen Mikrokosmos. Zu Hause angekommen ziehe ich mich komplett aus, stelle mich vor den Spiegel und rauche eine Zigarette. Dichter Qualm schlägt am Spiegel hoch und ich beglotze mich weiter. Mir geht alles und nichts durch meinen beschissenen Kopf. Ich sauge den verfickten Qualm tief ein und gehe mit meiner Fratze ganz nah an den Spiegel heran. Dem Qualm lasse ich freien Lauf und der Spiegel beschlägt. Ich schließe meine Augen und tauche hinab in eine nicht reale Welt. Mein Dämon übt einen seltsamen Druck auf mein Gesicht aus. Meine Visage wird regelrecht zusammen gepresst. Währenddessen sagt er: »Leo du scheißt und pisst genauso wie jeder andere Mensch auf dieser Welt, trotzdem bist du was Besonderes. Du bist eine RUPPERT! Nimm es an und tue das, was man von dir verlangt … das, wozu du bestimmt worden bist.«

Als ich aus meinem Dämmerzustand erwache, wirkt die Realität wie eine zähe, aber geile Masse. Jetzt wirkt alles ganz klar und scharf wie ein Rasiermesser. Jedes Detail, jede Tat wirkt wie ein purer Hochgenuss meiner Emotionen. ICH BIN LEO RUPPERT! EINE AUSGEBILDETE SERIENKILLERIN!

Es ist spät und ich werde heute noch meine Geschwister kennenlernen. Ich bin aufgeregt und denke auch über die noch bevorstehende Aufgabe nach. Mein Vater … mein Onkel … Ich habe doch eine Familie. Das Wichtigste aber ist, sie jetzt alle kennen und lieben zu lernen. Was sage ich nur Marie und meinen zwei besten Freunden, Moni und Kilian, wenn ich mit meiner Sippschaft einfach nach Argentinien abhaue? Kann ich meine Familie meinen Freunden einfach so vorziehen?

»Ja, das muss ich sogar«, sage ich laut mit einem frechen Grinsen auf den Lippen. Es ist ganz logisch und plausibel, die Familie zu unterstützen. Und ich kann endlich meiner Berufung nachgehen … dem Morden!

Ich schaue auf die Uhr und habe noch eine halbe Stunde Zeit, zu dieser Adresse zu fahren, die mir mein Onkel gegeben hat. Ich ziehe den roten Overall an und mache mich auf den Weg. Die Adresse führt mich zu einem Hochhaus. Ich soll in die 35. Etage fahren und drücke den Knopf vom Aufzug. Ich bin gefangen in rotem, dämmrigem Licht, ich bin total nervös und freudig erregt zugleich. Ich frage mich, wie viele Menschen wohl in so einem Gebäude wohnen. Meine Tics starten wieder einmal voll durch.

Endlich geht die Aufzugstür auf und ich stehe in einem langen dunklen Flur. Ich gucke nach links und rechts und kann an einem Ende eine Wohnungstür entdecken. Das wird es wohl sein, denke ich und laufe der Tür entgegen. Meine Visage brennt vor Nervosität. Mir fällt auf, dass es hier oben nur diese eine Wohnung gibt. Bevor ich auch nur an die Tür klopfen kann, wird sie schon geöffnet.

»Hallo Leo, endlich bist du bei uns«, sagt mein Onkel – alias Dr. Katze. Pablo führt mich in eine Art Vorraum. Die Wohnung scheint riesengroß zu sein, eine Art Penthouse vielleicht.

»Du wirst jetzt deine Geschwister kennenlernen. Bist du bereit?«, fragt er mich nochmals.

Ich kann nur stumm nicken. Pablo öffnet eine Tür, dahinter ist ein sehr großes Wohnzimmer. Ich zwinkere, weil auch hier nur dämmriges Licht herrscht, und bemerke eine weitere Gestalt. Pablo und ich laufen auf sie zu und was sich mir jetzt eröffnet, kann ich kaum glauben … Es ist, als würde ich in ein schwarzes Loch gesaugt. Tausende Situationen und Details malträtieren mein Gehirn. Alles scheint über mir zusammen zu brechen. Mein Magen verkrampft sich. Es ist ein widerliches Gefühl.

Die Gestalt dreht sich zu mir um und beide fangen wir an, unser Gleichgewicht zu verlieren. Ich schaue in mir sehr bekannte Augen …

»Ich … ich weiß nicht, was ich sagen soll. Das kann nicht sein, dass du meine Schwester bist.« Ich starre in das Gesicht von Moni!

Moni steht mit weit aufgerissenen Augen vor mir und schlägt sich eine Hand auf ihren vor Erstaunen offen stehenden Mund.

»Ich soll Monika Ruppert und deine Schwester sein. Ich kann es nicht verstehen, Leo. Alles was ich weiß, ist, dass ich eine Mörderin bin, und angeblich gehören wir zu der Dynastie der Rupperts aus Argentinien. Was hat man dir erzählt?«

Ich bin sprachlos, bringe keinen einzigen Ton heraus. Moni packt mich an den Armen und schüttelt mich.

»Leo, bitte komm zu dir! Was hat man dir gesagt?«

Das Schütteln hilft. Ich kann wieder denken.

»Ich soll … ich soll Leo Ruppert heißen und aus Argentinien kommen. Angeblich hat man mich zu einer Serienmörderin ausbilden lassen, ich habe auch schon gemordet, ich … ich …«

Ich spüre Monis Umarmung, ihre Wärme und kann mich etwas beruhigen. Engumschlungen stehen wir inmitten dieses großen Raumes. Plötzlich geht die Tür erneut auf und eine weitere Person wird quasi hereingeworfen.

Die Gestalt hüstelt, wir können nicht erkennen, wer es ist …

»Hallo?«, hören wir eine männliche Stimme fragend schreien.

Moni und ich gehen auf ihn zu, und als wir sein Gesicht richtig sehen können, knicken mir fast die Beine weg. Moni fängt an zu weinen. Es fühlt sich an, als würde ein ungeheuerlicher Hurrikan über unsere Köpfe hinwegfegen. Gefühlschaos pur! Keiner spricht ein Wort!

Es ist Kilian!

Kilian durchbricht die Stille und unsere Unfassbarkeit. »Gestatten, mein Name ist Kilian Ruppert, und ich bin ein ausgebildeter Serienmörder, genau wie ihr wahrscheinlich. Ich bin der I-love-Bingo-Mörder und hatte schon lange die Vermutung, dass Leo meine kleine Schwester sein könnte. Aber dass du, Moni, auch meine Schwester …« Er hält inne und schaut zu Boden.

Dann nehmen wir uns zu dritt in die Arme und weinen.

Wahrheitskampf

»Wie süß ihr seid! Endlich ist es soweit ... Tja, die Rupperts sind endlich wieder vereint. So wollten es eure beschissenen Eltern ...« Diese Worte werden von einem abartigen Lachen begleitet. Wir lockern unsere Umarmung. Vor uns steht unser Onkel Pablo, aber was hat er gerade gemeint? Unser Onkel zwingt uns, die roten Overalls anzuziehen; wir gehorchen ihm.

»Es ist die Zeit gekommen, euch die Wahrheit zu erzählen und zu zeigen. Die Wahrheit eurer Eltern lautet, ihr drei gehört zu der Dynastie der Rupperts. Alle Rupperts sind ausgebildete Serienmörder, die Menschen töten, die es nach eurer Meinung verdient haben. Ihr sollt für Recht und Ordnung auf der Welt sorgen. Es gibt aber noch eine weitere Dynastie auf dieser Welt, eine andere, eine bessere ... Es ist der Kannibalen-Klan, der Klan der Rasoris-Familie. Wir töten auch Menschen, aber aus anderen Gründen. Wir leben von den Menschen, wir töten und fressen sie ...«

»Was heißt hier ›wir‹? Wer bist du Arsch?«,

schreit Kilian nervös und geht einige Schritte auf Pablo zu.

»Bleib wo du bist, Kilian. Ich bin kein richtiger Ruppert, ich bin ein wahrer Rasoris. Und eure Mutter ist auch eine Kannibalin, denn ich bin nicht der Bruder eures Vaters, sondern der geliebte Bruder eurer Mutter. Eure verdammte Mutter ist vor Jahren geflohen und hat sich in den mächtigen Anführer Marco Ruppert verliebt. Mein Name ist auch nicht Pablo Ruppert. Diesen Namen haben mir eure Eltern gegeben. Ich heiße Karl zu Rasoris.«

»Warum ist unsere Mutter damals von euch geflohen?«, fragt Kilian sichtlich wütend.

»Möchtet ihr das wirklich wissen? Wir Rasoris haben eine andere Tradition. Wir wollen uns natürlich auch immer weiter vermehren und Kinder zeugen, nur ist es so, dass bei uns die Brüder ihre Schwestern ficken dürfen. Eigentlich darf jeder jeden ficken. Hauptsache, es kommt ein Rasoris hinzu und wir können unseren Klan vergrößern.«

»Halt dein Schandmaul!«, kreischt Kilian ihn an.

»Junge, bleib dort drüben stehen oder ich töte dich und reiß dir deine Gedärme heraus.« Karl zieht eine Waffe hervor und zielt abwechselnd auf uns. »Ich will es kurz machen.

Wir, zig Männer aus meinem Klan, haben eure Mutter vergewaltigt. Sie ist schwanger geworden und dann geflohen. Das heißt unter euch ist ein halber Rasoris und ein reinrassiges Mitglied meiner Familie. Mein leibliches Kind! Und ich will mit meinem Kind zurück zu unserer richtigen Familie.«

»Wer soll der reinrassige und wer der halbe Rasoris sein?«, fragt Moni unerwartet.

»Der halbe Rasoris ist Leo. Sie ist das Kind einer Kannibalin und eines Rupperts. Kilian ist der Junge, den sie auf ihrer Flucht mitgenommen hat. Er war eigentlich als Fressen für uns vorgesehen. Er kommt aus einer ganz normalen bürgerlichen Familie. Also … kann nur Moni der reinrassige Rasoris sein.«

»Scheiße, nein!«, schreit Moni.

Der vermeintlich leibliche Vater von Moni tritt aus seinem Schatten heraus, läuft mit der Waffe um Moni herum und legt ihr eine Hand auf die Schulter.

Nichts von alldem war mir bewusst, schießt es mir durch meine verfickte Birne. Ich, Leo, stehe jetzt lediglich am Ende einer Kette von Ereignissen, die mit Sicherheit geplant waren. Und jetzt ist nur noch Chaos vorhanden. Ich soll eine halbe Kannibalin sein?

Binnen Sekunden bin ich voll da, mit all

meinen Sinnen und bin absolut fasziniert. Keiner von uns kann sich bewegen. Diese Infos … Wenn es wirklich die Wahrheit ist, ist es wie eine Droge, die unsere Körper überschwemmt, und es kommt mir vor wie in einem perversen Märchen. Ich besitze eine Familie und ich weiß, dass ich zu den Rupperts gehöre. Das Chaos in mir zieht sich schnell zurück wie eine Schnecke in ihr Haus. Mein düsterer Dämon scheint stolz auf mich zu sein und haucht mir ins Ohr: »Leo Ruppert, endlich bist du angekommen. Schneller konnte es nicht gehen. Nimm gleich euer Familiensymbol mit Stolz entgegen und trage es in Ehren. Es beinhaltet einige Geheimnisse.«

Meine Gedanken werden jäh unterbrochen, als Karl Moni seine Waffe gibt.

»Bring beide um, Tochter. Erschieße sie! Dann können wir unser erstes gemeinsames Fressen zu uns nehmen.«

Monis Atem scheint für einen Augenblick auszusetzen, so nervös wirkt sie. Sie taumelt um uns herum und sagt kein einziges Wort. Wir schleichen wie drei Löwen umeinander herum.

»Mach es nicht, Moni, du bist keine Rasoris. Lass uns nach Argentinien fliegen und unsere Eltern fragen. Wer weiß, was der Spinner uns hier erzählt«, sage ich zu Moni.

Karl verlässt plötzlich das Wohnzimmer, kehrt aber schnell mit einem kleinen Paket zurück.

»Wenn ihr beiden euch das Symbol der Rupperts umhängt, seid ihr vollendet und könnt in den Tod gehen.«

Karl öffnet das Paket und holt zwei goldene Medaillons in Form eines echten Menschenherzens heraus. Die komplette Anatomie der Herzen ist in wunderbarem Gold dargestellt. Linke und rechte Herzkammer sowie das Ligamentum arteriosum … Eigentlich ein genialer Augenblick. Kilian nimmt es in seine Hände, beäugt es. »Ich denke, ich bin kein Ruppert, du Arsch?«

»Sie haben dich aber aufgenommen und dementsprechend erzogen. Also musst du sterben.«

»Kein Wunder, dass Mutter euch kranke Schweine verlassen hat«, schmettert Kilian Karl entgegen.

Karl zieht eine kleine Whiskyflasche aus seiner Tasche und schraubt sie auf. »Aber richtig schlimm wird es erst noch, mein lieber Kilian. Und nur ich spiele dieses Spiel mit euch. Wenn du und Leo endlich tot seid, dann bin ich zufrieden. Und glaube mir, wenn meine

Tochter Moni alles erledigt hat, wird sie mich nicht um einen Schluck verwichsten Whisky anwinseln, sondern um ein Glas eures Blutes.«

Ich bin baff und sehe an den Visagen von Moni und Kilian, dass sie es auch sind. Meine Zunge liegt wie ein alter Lederlappen in meinem Maul.

»Es gibt nur meine Tochter und mich, ihr anderen zwei seid Bastarde. TÖTE SIE ENDLICH, MONI!«

Keiner sagt ein Wort, obwohl alle vier Hirne auf Hochtouren arbeiten. Wie können wir diesem Spiel entkommen? Oder gehört das auch zur Ausbildung?

Nein, nein, nein, das kann nicht sein!, sage ich mir. Kilian sagt gar nichts mehr, und Karl verschwindet aus dem Zimmer. Er lässt sich die nächsten Tage nicht blicken. Moni hat sich auch wieder beruhigt und hat die Waffe beiseite gelegt.

Wir haben schon bald kein Zeitgefühl mehr. Die Wohnung ist abgeschlossen, aber wir haben genug zu essen und zu trinken. Wir haben auch jede Menge Spaß, albern herum. Dann vergehen wiederum Stunden, in denen jeder überlegt, was wir jetzt machen sollen. Der Kannibale lässt sich nicht mehr blicken.

Vom reinen Gefühl her sind seit dieser

Hiobsbotschaft einige Tage, wenn nicht sogar schon Wochen vergangen. Wir sitzen zu dritt in der Küche und essen. Kilian und Moni sitzen Stirn runzelnd am Tisch. Ich will aufstehen, um pinkeln zu gehen. Doch Moni ergreift blitzartig meine Hand und hält mich. „Setz dich, Leo!«

Kilian blickt neugierig auf, sagt aber kein Wort. Ich setze mich wieder, meine Hand liegt immer noch reglos in ihrer. Monis Hand ist feucht und kräftig. Mit entschlossener Stimme sagt sie: »Ich werde Karl erschießen, sobald er wiederkommt. Wir sind alle Rupperts, und ihr seid meine Geschwister.«

Ohne ein Wort zu sagen, hole ich das Familiensymbol heraus und lege es vor uns in die Mitte des Tisches. Mit verschränkten Armen gucke ich auf das Symbol und träume von unseren Eltern.

Erneut vergehen einige Tage, bis ich eines Nachts von einem Geräusch aus dem Schlaf geschreckt werde. Auch meine Geschwister wachen auf. Alarmierend reiße ich meine verschlafenen Augen auf und blicke zur Tür. Die Geräusche kamen von dort. Nichts hält uns mehr im Bett; wir rappeln uns alle drei auf und blicken aufgeregt zur Tür.

»Kinder?«, höre ich ein Flüstern und im

nächsten Moment steht ein stattlich großer Mann im Zimmer.

»Ich bin Marco, ich bin euer Vater«, bringt er heiser hervor. »Psst. Still jetzt! Wisst ihr, wo Karl abgeblieben ist?«

»Nein«, flüstere ich und betrachte immer noch diesen alten, aber einzigartigen Mann. Obwohl wir alle drei versuchen, kein Geräusch zu verursachen, hört man unser schweres Atmen.

»Beruhigt euch. Ich hole euch hier raus … und zieht diese beschissenen Overalls aus.«

Wir können nur nicken und sind sprachlos. Marco nickt ebenfalls. »Ihr wisst, was ihr jetzt zu tun habt. Folgt mir!«

Wir gehen in einen anderen Raum, der die ganze Zeit verschlossen war. Der Gang dorthin mündet in ein quadratisches Zimmer, das eigentlich genauso aussieht wie das vorherige Zimmer. Nur ohne Möbel. In der Mitte des Raumes steht eine Bahre. Ich halte mich so dicht wie möglich an Moni und Kilian. Mein Herz pocht so heftig, dass ich es überall im Körper spüre. Trotzdem bin ich bei Weitem nicht mehr so ängstlich wie noch vor ein paar Stunden. Auch Kilians Augen sprechen jetzt Bände.

»Ich werde euch gleich Karl liefern und

dann tut, was auch immer ihr möchtet.« Mit diesen Worten verschwindet unser Vater auch schon wieder.

Marco Ruppert

Langsam, so leise ich nur kann, steige ich in den Aufzug, fahre nach unten und steige eine Treppe in den Keller hinab. Ich weiß, wo Karl sich versteckt. Ich schleiche durch den Kellerflur. Die Decken sind niedrig, sodass ich in gebückter Haltung laufen muss. Das Geräusch von fließendem Wasser ist zu hören. Nur noch eine Holztüre trennt mich von Karl. Jetzt oder nie, denke ich und trete mit voller Wucht gegen die Tür. Sie fliegt auf, ich springe in das Zimmer und wirbele herum. Ich schaue nach links, dann nach rechts … Da ist er!

Karl steht nackt mit einer Schrotflinte in der rechten Hand vor mir, er patrouilliert durch den Keller. Sein mittlerweile hagerer Körper sieht verschwitzt aus. Er beobachtet mich und ich ihn, aber keiner sagt ein Wort. Er scheint aufgeregt zu sein, seine Nerven scheinen vor Anspannung zu vibrieren.

»Hola Marco. Da bist du ja endlich! Es gibt noch viel zu tun, nachdem der beste Rasoris-Jäger wieder im Spiel ist.«

Ich mustere ihn von oben bis unten. Lächerlich sieht er aus. Karl zieht den Ladebügel der Flinte nach hinten, und ich kann hören, wie eine Patrone in die Kammer gehebelt wird.

»Warum schießt du nicht, Karl?«

»Warum tötest du mich nicht, Marco?«

»In Freiheit würdest du jetzt durch meine Hände sterben. Ist es nicht besser, vom eigenen Sohn umgebracht zu werden? Von einem reinrassigen Rasoris?«

Blitzschnell und in einer fließenden Bewegung reißt Karl die Schrotflinte herunter und drückt den Lauf gegen den dreckigen Boden.

Karl hält inne.

»Ich weiß, du bist hungrig, nicht wahr, Karl?« Ich sauge an meinem Mittelfinger, ehe ich ihm ihn hinstrecke.

»Beiß ihn ab!«

»Zeige mir meinen Sohn. Ich dachte Moni ist meine …«

»Ich bitte dich, Karl. Glaubst du im Ernst, ich hätte dein Kind mit nach Deutschland geschickt? Moni ist die Tochter einer unbekannten Frau, die von einem argentinischen Serienmörder brutal ermordet wurde. Er wollte Moni, als sie noch ein Baby war, auch töten, aber ich habe sie gerettet und mitgenommen. Deine Schwester und ich haben DEINEN Sohn in der Zwischenzeit ausgebildet … zu einem Ruppert.«

Karl lächelt und enthüllt seine schäbigen Zähne. »Ich glaube dir kein einziges Wort, du scheiß Ruppert.«

»Ben, du kannst kommen«, schreie ich in den Kellerflur hinein. Der schiere Anblick seines Sohnes lässt Karl die Schrotflinte zu Boden fallen. Benjamin, ein stattlicher junger Mann, tritt in den Keller hinein und geht auf Karl zu. Hier und jetzt, in diesem Moment ist alles gefährlich. Sie sehen sich nur an.

»Du siehst aus wie ich, deine Augen, dein Mund, alles … du bist wahrhaftig ein reinrassiger Rasoris. Wie heißt du, mein Sohn?«

»Benjamin Ruppert.«

Klick

Bummmm!

Benjamin lässt Karl von der Ladung der Flinte zerreißen. Blut, Gewebefetzen und Hirnmasse wirbeln durch die Luft und kleben nun an den kalten Kellerwänden. MEIN SOHN ist davon überzeugt, dass Karl noch nicht einmal das Krachen der Waffe gehört hatte.

»Komm, Ben, es wird Zeit, dass du deine Geschwister kennenlernst.«

Kapitel 25

Abflug

Ein lauter Schuss reißt uns alle drei oben in dem Zimmer aus diesem Alptraum. Im Keller liegt ein zerfetzter Mann, den niemand vermissen wird … Er wurde zum Bastard, sonst keiner. Unser Bruder Benjamin hat ihn ohne lange zu fackeln im Keller erschossen. Obwohl ich glaube, dass wir drei anderen ihn gern auch ermordet hätten.

Wir sind Geschwister und Serienmörder. Wir sind die Rupperts … Leo, Kilian, Moni und Benjamin. Morden ist unsere Bestimmung und unser einziger Lebensinhalt. Wir sind für Gerechtigkeit und töten Menschen, die Schlimmes getan haben.

Ich, Leo, werde zusammen mit meinen Geschwistern die Geschichte der Rupperts etwas umschreiben. Vorerst ist unsere Geschichte in Deutschland allerdings zu Ende. Ich werde meine Liebe zu Marie für meine Familie und für meine Berufung aufgeben, auch wenn es schmerzhaft ist.

Unser Flug geht in drei Stunden.

»Freuen wir uns?«, fragt uns Kilian mit einem breiten Lachen in seiner doofen Visage.

»Ja klar, mein Arsch platzt fast vor Freude.« Moni lacht herzhaft auf. Wir verstauen unser Handgepäck, packen uns bei den Händen und dann hebt der Flieger ab. Ich schaue noch einmal aus dem Fenster und sehe, wie Deutschland immer kleiner wird und der Himmel mit seinen wundervollen Wolken immer näher kommt. Ich bin froh … nein, ich bin glücklich, endlich eine Familie zu haben.

Nach einigen Stunden befinden wir uns im Landeanflug auf Buenos Aires. Die Reifen kreischen und qualmen beim Aufsetzen auf der Landebahn. Ich beobachte Benjamin und meinen Vater und bin auf unsere Mutter sehr gespannt.

Dann höre ich vorerst das letzte Mal meinen düsteren Dämon sprechen: »Ich bin sehr stolz auf dich, Leo. Viel Spaß in Argentinien. Du schaffst den Rest allein.«